太平轮
一九四九

增订版

张典婉 著

生活·讀書·新知 三联书店

太平轮一九四九
中文简体字版 © 2011 年由生活·读书·新知三联书店出版
本书经城邦文化事业股份有限公司商周出版事业部授权，同意经由生活·读书·新知三联书店，出版中文简体字版本。非经书面同意，不得以任何形式任意重制、转载。

图书在版编目（CIP）数据

太平轮一九四九／张典婉著. 增订版—北京：生活·读书·新知
三联书店，2011.6 （2011.7 重印）（2015.1 重印）（2015.8 重印）
ISBN 978 - 7 - 108 - 03711 - 4

Ⅰ.①太… Ⅱ.①张… Ⅲ.①纪实文学－中国－当代 Ⅳ.① I25

中国版本图书馆 CIP 数据核字（2011）第 060581 号

责任编辑 刘蓉林
装帧设计 蔡立国
责任印制 卢 岳
出版发行 生活·讀書·新知 三联书店
　　　　（北京市东城区美术馆东街 22 号 100010）
图　　字 01－2010－3243
网　　址 www.sdxjpc.com
经　　销 新华书店
印　　刷 北京隆昌伟业印刷有限公司
版　　次 2011 年 6 月北京第 1 版
　　　　 2015 年 8 月北京第 4 次印刷
开　　本 635 毫米×965 毫米 1/16 印张 18.75
字　　数 150 千字 图 123 幅
印　　数 23,001－30,000 册
定　　价 30.00 元
（印装查询：01064002715；邮购查询：01084010542）

献给一个时代

目 录

记取历史，感怀情谊，珍惜所有

典婉的母亲是家母上海中西女中的同班同学，国共内战之后，她们先后来台。印象所及，张伯母与家母，几乎每年都会在台北以"老上海"的方式重温"中西"的情谊。我和典婉都算是迁台后新移民的第二代，因此彼此的家庭故事有着相同的历史背景。近年来典婉悉心着手整理太平轮（号称"东方泰坦尼克号"）事件的记录，这是一个大时代的悲剧，有着许多家庭痛苦的记忆。这个记忆因为时代的纷乱，让人无力抗辩，但她让消失六十年的海难史实真实呈现。

因近代清室不振，历经鸦片战争、英法联军直至甲午战争，即使后来的洋务运动，仍然无法挽救颓败的古老国家。于是，春帆楼的一纸条约，开启台湾孤悬海外的命运。

而后九一八事变、七七事变的一连串战争，将国家推向更危乱的境地。虽然战争终告结束，但内战延续了国家因战乱而流亡的残酷命运。公元一九四九年前后，约有二百万人因内战迁徙到台湾，这是人类史上少见的大规模迁徙活动之一。而太平轮事件这首时代悲歌，泣诉着渡不过黑水沟的苦痛与血泪。余光中先生在他的《乡愁》一诗中写道：

小时候

乡愁是一枚小小的邮票
我在这头
母亲在那头

长大后
乡愁是一张窄窄的船票
我在这头
新娘在那头

后来啊
乡愁是一方矮矮的坟墓
我在外头
母亲在里头

而现在
乡愁是一湾浅浅的海峡
我在这头
大陆在那头

　　越过海洋到台湾的辛酸血泪，其实早已超越世纪。我们现在记住这段因战火而造成的两岸大迁徙，就是期望国要盛、家要强，进而记取历史的教训，忘记仇恨，向前迈进。遵守历史的真相是人类反省的高贵情操。在此，我要向典婉表达由衷的敬意。她不仅让我们看到历史真实的面貌，也得以反省，我们从那个苦难年代究竟可以得多少经验教训。为其新作《太平轮一九四九》写序，寥寥数语，不只是基于对那个年代的感怀，也是感念张伯母与家母那份在大时代纷乱中挣得的"中西"情谊。

　　我们的幸福，只因为比那些带着心痛记忆的人更多一点福气。

裕隆集团执行长
严凯泰

序
太平心愿，和解共生
—— 以过去解放未来，以未来解放过去

如果近千人在台湾的附近海域罹难，在今日会是什么样的光景？全台子民是否会如面对"九二一大地震"或"八八水患"那样地撼动心弦、感同身受？又或者能如怜悯南亚海啸或是四川大地震的灾民那般，即使面对陌生人，大家都能激荡起人溺己溺、热诚赈灾的情怀呢？

我们是否愿意去体会，那一艘永远抵达不了目的地的轮船上，其实有着比电影《泰坦尼克号》更真实、更感动人的事情发生着呢？不分阶级、地域、年龄、性别，他们同舟共济，互相扶持直至灭顶。

如果只是因为他们与其后代被冠上外省人的标签，只是因着与流亡政权来自同一块土地，而被判了隔离的无期徒刑，使得逝者得不到悼念、幸存者得不到祝福的话，我们又有什么能力去弥平分裂、和解共生呢？

逝者受苦的魂魄需要祈祷安息，幸存者及后代的暗夜哭泣需要被聆听，二〇〇五年"寻找太平轮"纪录片播出，既是献给一群无缘圆满、把台湾当作新故乡的新住民们的迟来追思，也是献给华人世界中能与其幸存族群者移情同感、同体大悲的一份追思。

今年是太平轮沉没六十周年。

是一个被遗忘的记忆？

还是一些不堪回首的往事？

喜欢旅行的我，每每由国外凝视台湾，总觉得这是一座孤独的岛屿，外部与内部双重的孤独，不仅在于她的独特历史与困境，在喧嚣的国际社会舞台中难被认识，也在于这些年来政治、社会仍陷于二元对立的政治意识形态与历史恩怨之中，彼此互不信任。

新住民中，有人仍无法分辨现实中政治理想与文化认同的必要性，正如我们之间也有人无法分辨本土化与欣赏外国月亮的轻重一样。族群的认同，等待着我们耐心去移情共感、去感受他们备受战火煎熬的历史，因为唯有如此，他们才可能走出再度被迫害的不安阴影，不用再恐惧新的召唤将会是另一个集体暴力与谎言的复制。

不讳言，在本省族群的某些人眼中，上一代的外省人多少被称为集权体制的共犯。在"二二八"初期的动乱中，也有无辜的外省人被误伤与误杀。流亡政权被害妄想症发作，歇斯底里地拿本省、外省作为检验主轴，以忠诚与否演变为蓝绿意识的对抗。

这些本省与外省族群各自的历史伤口，其实可以早早开始相互感受、移情治疗而结疤。可是，在许多选举场合，还是会发现情绪化标语游移。因为选举的权力游戏及电视名嘴炒作议题，让政客在现实压力下，惯以短线操作，以巩固基本票源，成为无奈的政治现象。

二〇〇〇年秋日，因母亲逝世，起意想写太平轮与家族故事；二〇〇四年年底，参与《寻找太平轮》纪录片采访；二〇〇五年，纪录片播出后产生反响，将书写过程结集，是一串漫长的寻找与等待。

多年来在漫长的采访过程中，最残忍的是，每一次采访如同在受访者伤口撒盐，让人万分不忍与不舍。有些人提供了线索，再联络，却像断线的风筝。有些人勃然大怒，用力甩上大门，或在电话那头，冷冷地挂上话筒，两不相应。

有人问：你是哪个党派来卧底的？你动机是什么？写这些故事有什么目的？无数次拒绝与误解，在采访中，意外成就了修行道场。我想上天悲悯，那么多人的未竟心愿，更令我惶恐莫名。

对一个书写者而言，受访者的记忆，超越了一切地域、族群……每个人的生命及家族故事，因着太平轮，见证了历史。去年五月太平轮家属们在舟山群岛失事现场，举行了太平轮失事后第一次海祭，让更多太平轮失散的篇章（尤其是散落各地的遇难故事）一一呈现。希望简体字版的问世，能够补充昔日太平轮失散的记忆，也期待更多身影涌现填补历史的空白。

只是这本书迟到了六十年。

从寻找太平轮的缘起到事后追踪、访谈，我曾经祈盼：这样的题材，可以弥平两造的猜忌与不安，因为艺术和宗教一样，自古就担负起净化灵魂的任务，相信台湾的族群故事及生命记录，也可以像古希腊悲剧那样，值得被书写为震撼动人的叙事诗歌。

这些生离死别，早已超越世间私情、穿越生死瞬间，不论是以小说、口述历史的形式还是呈现为电影、戏剧，都是创作与阅听角色共同参与传颂，因为文化是最好的涤情场域，在"以过去解放未来，以未来解放过去"的视野中，跳脱昔日党国威权的论述，瓦解族群话题的尖锐，唯有开放面对历史，未来才可能走出制式循环！

《太平轮一九四九》出版了，书中还原了太平轮的时代背景，生还者自述、受难家属的家族故事，以及曾经乘坐太平轮的纪实追忆，书写这么多悲欢离合的篇章，脑海中总会浮现萨义德说过的"流亡是最悲惨的命运之一"。期待这本书能够填补历史来不及陈述的空白，让我们一起迈向太平愿景，以和解共生替换恶性对抗与猜忌，也是回首太平轮六十周年的期盼吧！

在台湾出版时此书版税全数捐出供二〇一〇海祭活动经费，简体字版本的收益亦将作为推动太平轮纪念协会活动的经费。吴漪曼教授、严妈妈（王淑良女士）、张和平女士等受难者家属曾提及重建纪念碑的心愿，一直苦无经费，个人期待聚沙成塔，早日达成受难者家属心愿。

感谢所有受访者、提供资料的家属，与长期打气、支持我的朋友及亲人。感谢北京三联书店所有工作同仁的爱心与耐心，以及所有推荐者的鼓励，让尘封历史再现。深深一鞠躬。

张典婉初稿 2009
修订 2011

大时代的流转

——太平轮事件始末

太平轮是什么样的船？

太平轮原是第二次世界大战中的运输货轮，载重量两千零五十吨。自一九四八年七月十四日，中联企业股份有限公司以每个月七千美元的租金，向太平船坞公司租来，开始航行于上海、基隆间[1]。当时"二战"结束，台湾重归中华民国政府领土，大陆各商埠往来基隆、高雄间，客船、货船热络往返，据早年基隆港务资料记载，一天即有近五十艘定期航班从上海、舟山群岛、温州、广州、福州、厦门等地，往返基隆港。

中联公司当年已有两艘定期船只往返上海、基隆。一是华联轮，为一九〇七年由澳大利亚制造的商船；另一艘安联轮为加拿大制造的商船。太平轮从一九四八年七月十五日启航，投入上海与基隆间，到一九四九年一月二十七日最后一班，共计行驶了三十五个航班。

太平轮分为头等舱、二等舱、三等舱等，初期投入营运是作为交通船，船上旅客大半是来往两岸的商贾、眷属、游客、转进台湾的公务人员等。但是在同年秋日过后，因为国共内战情势紧张，当时固定

太平轮从一九四八年七月十五日开航，每周固定往返基隆与上海之间。

---

[1] 上海地方法院诉讼书 1949.4.6。

行驶上海、基隆间的中兴轮、太平轮、华联轮，因为航班往返多，船只吨数大，往往是大家的首选，随着时局动荡，此时就成了逃难船。

一九四八年秋天起，大量从大陆各省涌入上海的平民百姓，替代了早先到台湾的商旅来客，举家南移的逃亡潮浮现。据中联企业公司第一班到最后一班船的记录得知，从一九四八年九月二十八日到十月二十六日之间是停驶的，"奉港口司令部出军差，由基隆运国军至青岛，再由青岛驶向烟台运国军至青岛，驶向葫芦岛装国军及军需到天津，由天津装伤兵运沪"[1]。

由这样的记载推论，当辽沈战役激战时，太平轮肩负了运送伤兵与补给军备的重任；回到正式航线时，两岸局势丕变：十一月二日大势已去，四十七万国民党大军被歼灭，东北重镇相继失守，不到两个月的战火狂烧，国民党军队溃不成军。

从东北一路南下的共军，在林彪领军下，气势如虹；逃亡潮涌现，从各港口开出的定期客轮，开始挤入军公教人员及其眷属、南迁的平民百姓。抗战八年的苦难尚未远离，国共内战的纠缠如影随形，像乌云漫过天际；嗅觉敏捷的商贾，前仆后继，传递着台湾似宝岛的讯息，平日往来的交通船就更热络了。

当时往返上海与台湾的，还有中兴轮船公司的十几艘海洋船，如中兴轮、景兴轮、昌兴轮等十数条大船，以及海鹰轮船公司行驶上海、基隆、高雄的海鹰号、海牛号、海羊号、海马号、海球号；平安轮船公司、复兴航业、中国航运等船公司，都曾在国共内战时，被拨调为军用船或是运输船；在当年拥有最大吨数的京胜、互胜等船，都是在上海与台湾间活跃的商旅船班。这些船公司的规模，当年都远超过中联企业公司[2]。

一九四八年十一月，战胜的共军挟着胜利的果实，往各地进攻，

---

[1] 见太平轮历次货运吨数记录表。

[2] 见《轮机月刊》广告，宁波同乡会第351期《航业海员多甬人》，作者任钦泓。

大陆各省的共军士气大振，捷报频传。大陆各省多已骚动，军公教人员在光复后逐次到了台湾，家眷随即南迁；在辽沈战役之后，大量的移民潮往南方港口聚集，开始了一波波颠沛流离的岁月。"中研院"近代史研究所出版的多本口述史中，都详细记载了当时各地公教人员家眷或随着亲朋好友到台湾之人的逃难史实，及惨痛的流亡记忆：有人坐着火车，从北方一路南逃，车厢内满满是人，挤火车时连车顶也都是人，得抓着栏杆爬上去，爬不上去的时候，是先生把太太抱起来往上丢。

有人在兵荒马乱之际，搭着小艇分批到外海上船，上船后大家坐在甲板上，人很多，想躺下来都没办法，全部挤坐在一起；如果想要上厕所，还得从别人的脚与脚的间隙，小心地插足过去。

有人坐在船上，没有栖身处，就在过道边一角窝着。风浪大，船摇晃得厉害，每个人都吐得七荤八素；有些船舱还会进水，一些人就得了风寒。也有人在船上生产，小孩一出生就死了，只好用军毯一包便往海里扔[1]。

六十年前最关键的一战—— 一九四八年十一月六日到次年一月十日，历时六十六天，惊天动地的淮海战役，打得无日无夜，国共双方有将近一百四十万人的正规部队投入战斗，加上动员的民兵，参与战争的人数高达六百万人以上，堪称中国历史上最惨痛的内战。

国共双方尸体叠了一层又一层，血染红的河水潺潺流过。国民党部队杜聿明、邱清泉领军三十万，被共军包围在河南、安徽交界处二十天；三十万大军困守在冰天雪地的冬日，天候不佳、空投不利、弹尽援绝，连最后的八百匹战马亦全部杀来充饥。

杀戮战场上，双方战况激烈，国民党军的整个营队，战到只剩个位数，甚至全数阵亡；连马夫、火夫、汽车兵、白净清秀的年轻学生一一拉上战场，也全数阵亡。共军六十万人击败了国民党

---

[1] 《烽火岁月下的中国妇女访问记录》，台湾"中央研究院"近代史研究所出版。

八十万大军，邱清泉将军于一月十日举枪自尽[1]，共产党取得在大陆的政权，蒋介石政权顿时失去了大半江山，国民党败走台湾[2]。陈诚一月五日就任台湾省主席；傅斯年一月十五日从南京到台湾，就任台大校长。

一票难求，黄金换船票

随着国共内战火热开打，国民党兵败如山倒，蒋介石已作南迁准备。一九四八年秋冬，十二月起，故宫国宝、中央银行的黄金，也几乎同时秘密启动；播迁来台的计划，使战火狂潮横扫，谣言四起；徐蚌会战打得天崩地裂，平津战役硝烟四起，到处兵荒马乱；上海外滩实施宵禁戒严，但是船只无视宵禁，仍在夜间开航。

这时船票也是一票难求，十二月起，太平轮除了民众购票，军方也征用其作为运送军人与眷属的运输船。一些军校、军方部队，开始大规模往台湾迁校、迁退，如杨太平父亲杨民，是兵工学校学生，当时带着快生产的妻子上了太平轮，在船上生下杨太平。

曾任建中教官的李正鹄，现年八十六岁，他是从塘沽坐大军舰先到上海的。据他回忆，一起搭船的有兵工学校的化学兵，还有测量学校、工程学院的学生。从黄浦码头到吴淞口，船就开了一个小时左右，一起搭船的军队大概也有数百人，都挤上了太平轮。他们三点上船，五点开船，一开船，大家就进到船舱里了，那时候海象尚平顺，风平浪静，到了基隆，再转到花莲。这与杨太平一家的记忆吻合。之后他到师大进修，喜欢摄影，今年还在儿子摄影展中发布了自己拍摄的返乡纪录片。

一九四九年一月二十七日的太平轮，因为是年关前最后一班船往

---

[1] 参考电影《集结号》及中央电视台拍摄的纪录片《决战淮海》。

[2] 《徐蚌会战》，作者周明，知兵堂出版。

台湾，大家都争相挤上船，希望到台湾与家人团聚。船只满载，加上来往两岸的商家运足了货物要到台湾销货，如迪化街南北杂货；加上各政府机关的报表文件，在档案中初估有钢材六百吨，中央银行重要卷宗十八箱，《东南日报》社整套印刷器材、白报纸与大批参考资料，国民党重要党史资料也在船上；以及来往两岸商旅的账册，有人订购的五金、铁钉等原料。据世居迪化街的陈国祯描述，那艘船上还有许多南北货、中药材料、账册，原本是趁年关要结账、清账，船一沉，什么证据都没有了，出货的店家没办法收款，买家尚未结账，就趁此赖了一笔账。

原本有效卖出的船票是五〇八张，但是实际上船旅客，远超过千人。据中联企业在上海地方法院方证词表示：开船前，大量挤上船的旅客以及买票者的小孩等都未列入名单，但是太平轮及其他早年航行台湾、上海的船舶，都有超载的恶行。据曾经服务于海员工会的任钦泓回忆：当年只要与船上工作人员熟识，都很容易无票上船。在上海地方法院的档案中，中联企业提供的旅客名单只有正式登记的五〇八名，报载却是五百六十二人，而实际上船的超过千人，如王淑良的哥哥，就是没有在名单上的罹难者。

任钦泓坐一九四九年五月份最后一班中兴轮从上海到台湾，他形容：最后一班中兴轮人满为患，大家争着上船，船票行价是十五到二十条金子，他因为与船上驾驶员、二副都是朋友，所以用通行证上船，耳里还听到枪声大作；守在船上的军人，把爬不上船的旅客用绳索吊上船体；港口挤满了人，吵闹喧哗。在中兴轮上，他挤在二副房间，其他旅客把走道、通路都塞满了，"有些台阶还坐了两个人！动弹不得"。

刘真实在公公病榻前，听得公公在十五六岁时，身上缠着金条想换船票，但是船快要开了，家中亲人已经逃上船。"快，快，快！跳上来！"亲戚张开手，大声呼唤！岸边挤满了人，万头攒动，从岸边望去，看不见海水；有人身上缠着金条，用力跳，金子太重了，人就据中联企业公司提供的名单，太平轮正式购票旅客只有五○八人，报载人数更多，其他多是无票上船，或是随行孩童，均不在名单上，实际上是严重超载。

扑通落入水里，沉下去。她的公公一看，快快扔下身上缠绕的金条，用力一蹬，往要开航的太平轮上跳，"接住了！接住了！"

接下来再下一个航班的太平轮，就沉在舟山群岛。当年跳船、接船的长者，都已作古。"提起那段往事，公公当年在病床上，还是落泪呀！""他说怎么跳上去的都不知道，只知道要逃命吧！"刘真实转述中，依旧有万般不舍。

据曾经坐太平轮的乘客记述：国共内战后期，所有船票不再是票面价，多用黄金直接换船票；特别是旧台币，每天贬值几万元，还不能换一碗面，黄金就是最佳的买票工具了。有办法的人，拿张名片也能上船。据说当年的船票，都比上海市政府公定价格还高，有些多卖出来的位置，就是船员们的外快，也难怪最后一班太平轮，超载了三四百人之多。在上海法院的起诉书中亦强调太平轮"向来是超载累犯"的旧事。

细数出事原因

最后一班太平轮出事原因,传说纷纭,有人说是超载,有人说是船员只顾饮酒作乐。还原现场当天:太平轮原定计划是一月二十七日上午启航,后来改为下午二时,可是直到开航前,太平轮仍在进货,当天午后四时半才开航[1]。

太平轮因为赶着要运更多货物上船,让许多旅客在船上空等近一天。据卢超(太平轮的常客)回忆:一月二十七日,他送侄儿到台湾读书,但是中午时分,侄儿打电话给他,说船还没开,他肚子饿得很,请他送食物上船。卢超买了水果点心上船,"那时候甲板与码头齐平,以前我上船得由梯子上船,而此次竟是抬脚即可上船"。[2] 可见太平轮吃水载重的程度。葛克也提及"全船无一空地,非货即人,因此加速下沉"。

一位施奶奶在接受采访时,也证实这班船的超载程度让她担心,因而在港口退了船票,改搭其他交通工具。据档案中陈述,太平轮只是一艘中型船,但是那天上了近六百吨的钢条;太平轮上有船员告知不得再重载,但是船公司人员说,已经收了运费,货一定要到台湾。不过中联公司于事后曾登报解释:"太平轮当天的钢铁货量不到二百吨,船行驶出时吃水前十四呎、后十六呎,各尚有一呎富余。"

太平轮为了在戒严期间赶着出吴淞口,因此在黄浦江头加足马力,快速前进。冬日天暗得早,大船出港本应点灯,但是时局紧张,行驶在吴淞江口的大小船只都不鸣笛、不开灯[3]。据当年在上海与家人等着要撤退到台湾的席涵静回忆:年关到了,夜半船只从大货船、客轮到小舢板,什么船都有;最早他还听过街头谣传,太平轮是与一

---

[1] 根据葛克与何业先供词,上海地方法院证词1949.4.6。

[2] 卢超证词,上海地方法院1949.4.6。

[3] 生还者乔钟洲目击陈述,上海地方法院证词1949.4.6。

艘运橘子的船迎面对撞而沉没。

船在近年关的黄昏驶出港口，一路没点灯，没鸣笛；为了怕被军方拦截，太平轮改变航程，抄小路，往前快行。往来的船只全为赶年关，静悄悄地在海面上滑行，夜越深，船行得越快，直到见不着江边的灯火人家；船上的旅客为着快过年了，在船上喧嚷、打牌、吃喝，个个都沉浸在年节的喜悦中。

为了迎合年节气氛，太平轮管事顾宗宝在上船前还特别采买了许多应景食粮：玛其林、咖啡、培根、沙鱼、目鱼、咸鱼、海参、海蜇皮、干贝、鸭蛋、各种肉类、冬笋、火腿、香菇、木耳、大头蟹、各类酒水、汽水……[1] 看来是为了在船上供应船员食用，也有旅客加菜，增添年节的准备。

开船那天，正是农历小年夜，第二天就是除夕，全船大多数人都浸染在欢乐气氛中，喝酒作乐，大口吃菜大口喝酒。生还者之一

海川轮船长手绘的太平轮与建元轮出事地点坐标图。（翻拍自上海档案馆）

---

[1] 顾宗宝之父顾右春，提供其子代为采买太平轮食粮清单，向中联公司求偿代垫金额。

的太平轮厨师张顺来说："看到船上大副、二副们，当天晚上喝酒赌钱。船行出吴淞口，这天晚上海象极佳，无风、无雨，也无雾。"[1]但是船行出海，过了戒严区，迎面而来的是从基隆开出的建元轮，隶属益祥轮船公司；这艘满载木材与煤炭的货轮，要往上海开，船上有一百二十名船员。那天晚上远处仍可见渔火，约十一点三刻时，两船呈丁字形碰撞，建元轮立即下沉，有些船员还立刻跳上太平轮[2]；隔了几分钟，太平轮船员还以为没关系，结果没多久，有船员拿着救生衣下来，这时全船旅客惊醒，要求船长靠岸。

据说船长立刻将太平轮往岸边驶去，希望能靠岸边，意图搁浅，可是船还未及靠岸，就已经迅速下沉；许多尚在睡梦中的旅客，根本来不及反应，就命丧海底。据生还者徐志浩的描述：

> 太平轮与建元轮，都是晚上夜行，熄灯急驶，太平轮大副当天已喝醉，交由三副掌舵，三副忘记调舵，等发现建元轮迎面而来，提醒挂灯鸣笛已经来不及，两船相撞时，又没有即时放下救生艇，放下后，也没人割断绳索逃生。[3]

生还者葛克也在法庭中记述：

> 砰然一声后，茶房对旅客们说，建元轮已下沉，太平轮无恙，大家不必惊恐，但是我已放心不下，携了妻儿登上甲板，那时下舱已有水浸入，只见两只救生艇上挤满了人，可是船上并没有一个船员把救生艇解绳入海……

---

[1] 葛克证词，上海地方法院 1949.4.6。

[2] 生还者建元轮船员唐阿珠证词。

[3] 见上海《大公报》徐志浩撰《太平轮是怎么失事的》一文。

也有目击者陈述，太平轮过于老旧，原本在出事前已向美联船厂登记要换钢板、调换船壳，加以修理，可是还来不及进厂整修，就发生惨剧[1]。

千人惨剧，海上求生

生还者乔钟洲、何崇夫、卢鸿宾等人，在接受上海《大公报》采访时，曾经提及：

> 当时在海上，他们被船压到海里，吃了很多水，挣扎着浮到水面抓牢木板或箱子，又被浪打翻，这样三四次，幸亏体力好，后来爬到木板上，半身都浸到水里，寒气逼人，手足都冻僵了。[2]

乔钟洲后来到了台湾，投入《时与潮》杂志社工作，是齐邦媛教授的表兄。卢鸿宾是位南京商人，家人都在台湾，但是所有积蓄财产都化为乌有，他担心日后的生活该怎么维持。

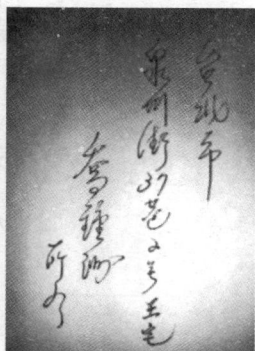

张鲁琳保留的一九四九年太平轮部分生还者合影。（张祖华提供）

---

[1] 何业先证词，上海地方法院 1949.4.6。

[2] 见上海《大公报》1949.2.1。

席涵静教授童年时候，在上海等船到台湾。太平轮生还者李述文，在逃过一劫后，到他们家谈及脱险经过，让他印象深刻。

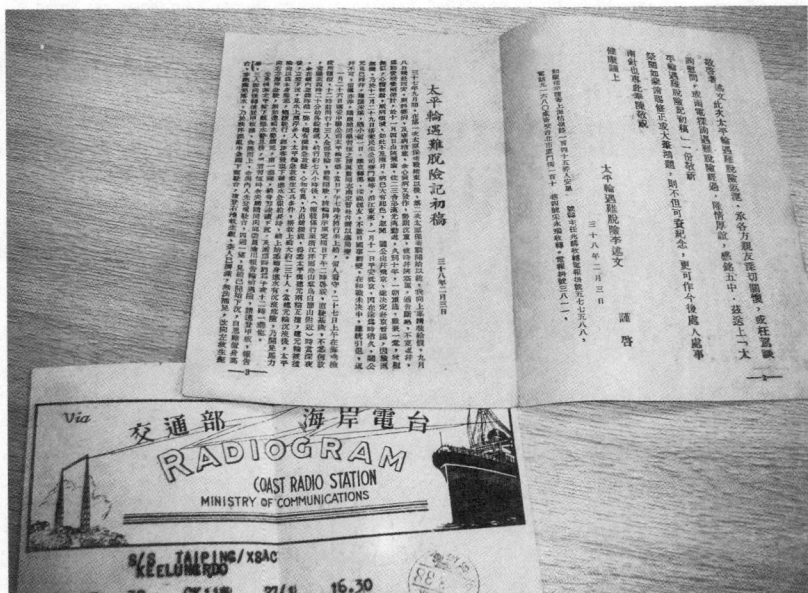

李述文的《太平轮遇难脱险记初稿》，是珍贵的佐证史料。

凄厉黑夜，海面寒风刺骨，夜越来越深，温度越降越低，海上呼救的声音逐渐微弱。据八十八岁生还者叶伦明回忆：当时不到几分钟，太平轮立即下沉，四周都是凄惨的哀号，冰冷海水浸蚀身骨，他与一些人趴在木箱上沉浮，熬到天亮，才被一艘外国军舰救起。

海上求生，是生死存亡的关卡，有温暖的相依相助，也有人性的丑恶。例如生还者葛克，曾经告诉妻子袁家姞说，当年还有人拿着枪支，迫别人让出木板。叶伦明在事隔六十年后，都还记得在深黑的夜里，四周尽是哀号惨叫声，却有人划着救生船，不管身边的哭喊求救声，扬长而去。"唉！"叶伦明长叹一口气。

曾经担任文化大学教授的席涵静，童年时候在上海与父母一起，等着要到台湾。国共内战打得他没上学，每天看新闻、读报纸，了解太平轮沉船事件在当年是轰动的大新闻，他也记得山西省主席及一些老乡都罹难了。一位同乡李述文是生还者，还到家里来送了本小册子，在他们家客厅叙述了逃生经过，这篇名为"太平轮遇难脱险记初稿"的记述，极为细腻地还原了沉船现场与逃生过程。

在李述文的记忆中曾经提及，有船靠近而后走远，见死不救；有人传是中兴轮，但是事后中兴轮否认，表示事发时中兴轮并不在该海域。海难发生，大家都问：太平轮船长呢？太平轮生还者张顺来在证词中说："船长不在上面，是二副在上面，出事以后，船长在里面，船沉以后，船长在浮桶上跳海死了，他说无脸见人！"

在"寻找太平轮"纪录片发表后，船长子女分别于纽约与澳大利亚，在博客留言，感谢大家制作了这部片子，他们仍旧相信父亲是失踪了，还没有回家。

李述文与叶伦明及其他脱险者，最感谢的是澳大利亚军舰华尔蒙哥号，将生还者拉上船，先安排他们到火炉边，换上水手的干净衣物，再把湿衣服拿去烘干，每个人先给热汤、咖啡、食物，带他们去热水沐浴祛寒，一面往吴淞口开去。

下午两点多已到了上海港岸，等他们衣物烘干，大略休息，恢复了一些精神，六点多才到外滩第三码头，准备离船。桌面全是个人用品，手表、皮夹、身份证件、名片等一字排开，烘干、擦拭，供各人认领，"未短一张名片，未短一块金元"。在李述文的描绘中，下船前，全部脱险者向舰长与所有官兵列队敬礼，表示谢意；中联公司派车、派人来接往饭店休息，并供给食宿。

政商、名流、要员聚集

这艘船上乘载了太多的名人商贾，在农历年前夕，上千人以上的死难惨剧，许多人因此天人永隔，成了台海两地大新闻。为年节团圆或为闪躲战火流窜的家族，多是一家蒙难，或仅存孤儿寡母；家破人亡的家庭惨剧，一时间造成轰动，报章杂志都以世纪大惨案来形容。

如山西省主席邱仰浚一家与同行的山西同乡、辽宁省主席徐箴一家，蒋经国留俄同窗好友俞季虞，总统府机要室主任毛庆祥之子，台湾清真寺创办人常子春的家人，台湾陆军训练部司令教官齐杰臣的家眷五口，袁世凯之孙袁家艺，国立音乐学院院长吴伯超，海南岛代表国民政府接受日本投降的海南岛司令王毅将军，天津市长之子，《时与潮》总编辑邓莲溪……还有许多当时公教单位迁台洽公的公务员，

太平轮是一艘货船改装的客货轮。（翻拍自《寻找太平轮》纪录片中模型）

如国防部第二厅调台湾职员三十多人，中央银行押运员六人，仅秘书处廖南毅生还；还有淡水合作社负责鱼苗放流的工作人员十三人，中央社编辑家人，邮电局职员，香港《工商日报》记者……加上许多来往两岸的名人、商旅、眷属，在台湾受访者家属中，李昌钰之父，林月华之父，棒球名球评家张昭雄之父，东势宝岛熏樟的吴禄生……都是早年成功富商；还有香港已故女首富龚如心的父亲，因为来台洽公，也不幸离世。从一九四九年一月底到次年，太平轮事件都是台湾、上海的社会焦点。

事发后，太平轮受难者相关家属纷纷前往失事现场，如常子春、杨洪钊及齐杰臣……都因为妻小一家没有消息，心急如焚，立即前往失事现场向上海中联公司了解情势。杨洪钊还与一些家属到失事地点舟山群岛附近搜寻，李昌钰记得母亲雇用飞机盘旋失事现场海域，希望还有找到生还者的契机。

太平轮事件后五天，一月三十一日，北平失守。

二月五日国民政府南迁广州，三月二十五日，中共中央迁至北京[1]。

舟山群岛失事现场，还有生还者

太平轮、建元轮互撞，大约是在一月二十七日晚上十一点四十五分左右[2]，建元轮在五分钟后灭顶，太平轮随即下沉。据张顺来的陈述，"十二点半的光景就沉了"，李述文记得是"十二点一刻"，叶伦明表示："船沉后没有多久，海面就一片宁静。"

中联公司委请招商局所有之海川轮等轮船与飞机，前往出事现场侦察、打捞，当时船长手绘正确失事地点：约在舟山群岛附近，浙东海

---

[1] 见郭廷以《近代中国史纲》。

[2] 生还者张顺来等人证词及上海《大公报》等报道。

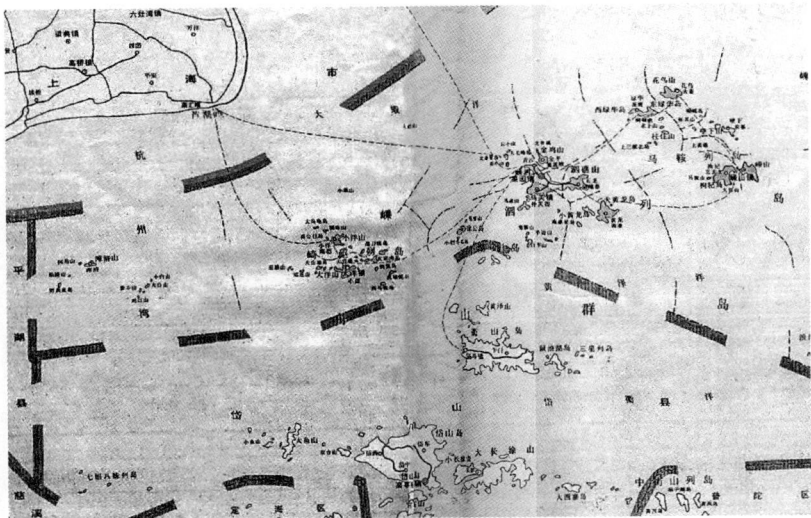

舟山群岛海域广阔，海象复杂，船难后，救援不易。

面东经一二二度三十分，北纬三十度三十分，也就是在白节山与白洋山、三星山之间的三角航线，附近暗礁重重，航道水深流急。建元轮船长则在沈家门附近被捞获，据熟悉水域的人说：这是个难驶的海面。

家属也投入人力、财力，雇请船舶、飞机几度来回搜寻，也曾登岸至各小岛，发散寻人启事，派人打捞遗体，中联企业公司在二月二日发出悬赏，搜救生还者奖金一千万元，罹难者打捞五百万元，报告地址寻获者三百万元[1]。

据官方说法，当时被救起的生还者有三十六名，其中太平轮旅客有二十八人，船上职工有六人，建元轮上有二人，共计三十六名。据二月二日的《台湾新生报》和二月三日的《中华日报》报道记载，除了被军舰搭救的人员外，还有三名旅客脱险。同年二月十七日《大公报》刊登了徐志浩的文章，并注明徐是自行脱难，不在前述生还者名

---

[1] 该币值为旧台币。

单之列；加上先前人数，足见有近四十人生还。

据世居舟山群岛的姜思章表示，太平轮出事时，他只有十几岁，海面尽是散落的行李物品，有许多渔民前往打捞；他的父亲与几名船家，在深夜摸黑救了几名生还者，用渔船拉他们上船，第二天太阳升起，把他们送往群岛附近的相关单位才返家。但是时代久远，姜思章说：早年父亲没有留下脱难者姓名，所以也不知道当时救出多少生还者。

如果舟山群岛生还者加上之前的四十位脱难者，据推测，太平轮生还者应不止四十人，也突破原先官方说法的三十六名。

保险公司倒闭，家属组善后委员会

事发后，太平轮受难家属立即成立"太平轮被难旅客家属善后委员会"，负责与中联公司谈判赔偿事宜；兵分两路，分别在台湾与上海受理罹难家属登记，一是在上海地方法院提出告诉，一是在台湾要求赔偿。太平轮原先向英国两家保险公司投保，一是华泰产物保险公司，一是鸿福产物保险公司，沉船事件发生后，这两家保险公司负责人都逃离上海。

在蔡康永一篇名为《我家的铁达尼号》一文中，提及太平轮的保险事件：

> 爸爸从来没有跟我说过太平轮沉没的原因。只提过当时他们公司所拥有的每一艘轮船，一律都向欧洲的保险公司投保。唯独太平轮启用前，因为上海一位好友自己开了保险公司，为了捧好友的场，就把手上最大的这艘太平轮，让好友的

齐杰臣是当年太平轮受难家属成员，也是太平轮受难家属求偿的代表之一。

太平轮事发后，高雄法院扣押了停泊在港口的安联轮。

公司承保。太平轮一出事，爸爸好友的这家保险公司，立刻宣布倒闭。所有赔偿，由轮船公司自己负担。

事发后，由齐杰臣、杨洪钊、高正大等九人，从台湾赶到上海中联企业公司，同赴失事现场协寻。台北受难家属就分为总务、调查、联络三组，并推派各组代表，共计有二十一人，一月三十日《台湾新生报》就登出"中联公司传将宣告破产，家属昨赴警局请愿，要求假扣押公司在台财产，负责人交保"的新闻，当时坐镇上海的是中联企业公司的总经理周曹裔，台北分公司由经理朱祖福留守。

接下来几个月，受难者家属分别展开了两岸的诉讼官司与赔偿事宜。家属们向台湾省主席陈诚陈情，也向立委谢娥陈情。台湾律师团有陈国飏、许鹏飞，会计师周何圣；上海律师为章士钊、杨鹏。同年二月六日，受难者家属正式联名向中联公司提出告诉；二月七日起律师团即连续在报上登刊广告，呼吁大家不要买中联公司财产，防止该公司脱产，并要求受难者不要个体行动要求赔偿。

二月十一日，高雄法院扣押中联企业公司安联轮；二月二十八日，中联公司首次举行受难者公祭；三月十一日，太平轮受难家属提出假扣押安联轮，并要求中联公司如能提供白米八十万担，每担一百市斤，即解除假扣押，中联则提出七点抗告；四月六日，在上海法院还开庭审理太平轮一案。

审理期间，两岸当时局势已无法控制，人心惶惶，四月二十三日，解放军进占南京。

五月二十日，陈诚宣布台湾地区戒严。

在国共局势危急后，"太平轮被难旅客家属善后委员会"齐杰臣等人，立刻回到台湾，向台湾省参议会呈请协助，要求中联公司赔偿案送请最高法院、省政府、台湾高等法院、台北地方法院、台湾银行等机关办理。历时将近两年，解决了太平轮受难家属赔款案，其间居中协调者，为时任台湾省参议会秘书长连震东。

诉讼期间，中联公司投保之保险公司恶意潜逃，中联公司必须全负起赔偿金额，在股东多半四散的情况下，由总经理周曹裔扛下大部分赔偿重责。

中联如何赔偿善后？

中联公司是由一群宁波同乡集资兴办的轮船航运公司，总经理周曹裔，原来从事茶叶买卖，也担任过杭州巴士的董事长。据蔡天铎在三五四期《宁波同乡》刊物上发表的一篇短文指出，中联企业公司股东系由周曹裔、龚圣治、蔡天铎、马世燨、周庆云五人暨家属所组成。

据蔡天铎之子蔡康永在《我家的铁达尼号》一文中提及："所谓'我们的轮船'，其实是几十年前，爸爸在上海开的轮船公司的船。这家公司所拥有的轮船当中，最有名的一艘，叫做'太平轮'。"

报载中联企业总经理周曹裔出面，洽谈太平轮赔偿事宜。

　　二〇〇九年四月底、五月中旬，作者分别二次与周曹裔儿子、儿媳、孙子、孙媳妇，有过小小的聚会。周家儿子说，事情发生时，他只有六七岁，当天晚上，有近三百支火把包围他们家，愤怒的家属涌入家中，捣烂了家中所有家具、摆设，公司的大门、办公设备、玻璃窗，全部被砸毁。

　　"我爸爸当年四十三四岁。"在上海法院的档案中记载，周家被砸那天是大年初一，受难者家属先到公司，因为发现没人上班，愤而转到周家砸毁家具。周家儿子记忆中，太平轮出事后，父亲忙着处理，股东们全部跑掉，为了怕有人再来闹事，母亲带着他连夜搬家。

　　母亲告诉他，太平轮出事，股东四散，保险公司倒了，他们得扛起赔偿的责任；他陪着母亲住在上海，房子越搬越小。解放军进城了，母亲把所有的金银首饰拿去理赔。

一九五〇年，他们辗转到香港，再到台湾定居，赔偿事宜也持续进行中。事实上，太平轮事件发生后，中联公司已经没有能力赔款，除了周家私人现金、财产拿出应变，市面上币值一日三变，通货膨胀剧烈；公司所有器具被砸毁，旗下华联轮、安联轮被扣押，船员无法出海，船东又得付薪水，中联公司几乎无以为计，只剩一具空壳。

中联公司员工曾在同年三月份，上书上海市参议会一封陈情书，提及公司经营困境；指出公司员工在沉船后担任善后工作：

> 在难属悲愤之下虽被毁物殴人，受尽磨折，但均赋予同情，一本忍辱负重从未有所怨言，嗣后难属百端需索公司，当局委曲求全，有求必应，致将员工薪津一再欠发，惟因平日劳资协调，故员工体念公司之艰巨，从未有以相逼，讵料太平轮被难旅客善后，竟得寸进尺，变本加厉，除将本公司安联轮在途经高雄时，擅请扣押，停止航行外，现又拟将本公司仅存之华联轮，加以扣押。闻该会拟计划将两轮另行出租，以收入抵赔偿，如此公司业务停顿，收入既无，则员工眷口近万之生计，将何以维持，事关命脉所系，安能坐以待毙，为维护员工职业计，除商讨对策自动保障职业外，并吁请各界社会人士主持正义。

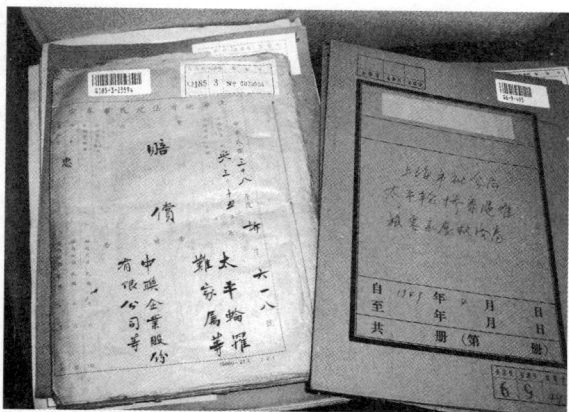

上海档案馆与台湾省咨议会，分别在两岸保有最多太平轮诉讼文件。

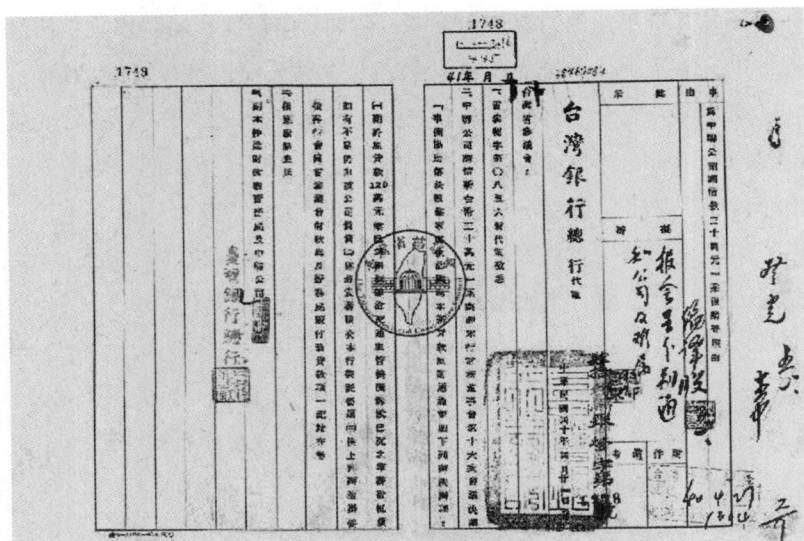

中联企业公司在太平轮事件之后，为了支付巨额赔偿，向台湾银行抵押了两艘船。

"太平轮被难旅客家属善后委员会"为了千条人命赔偿，早早就申请了扣押中联公司的安联轮，要求赔款；但是周家与中联公司已经无能力偿付千人以上人命的赔款。受难家属多是孤儿寡母，生计困苦，急需赔偿金度日，在一九四九年台北地方法院的起诉书中：

> 而原告等竟因之或全家罹难孑然一身，或兄弟云亡痛失鹡鸰，或妻孥伤命仅存鳏夫老幼孤寡，号寒哭饥，所有资产贵重财物，均漂没在汪洋大海之中，此真人间之惨事，而为举世所同悲者也。

相隔一个月，上海地方法院起诉书中，也为受难者家属喊冤求救：

> 被难家属遗孤寡妇，生活失其所依，其凄泣呼号、吁叫求援悲惨。

轮船被押，船员工作无着，受难家属遗孤要顾全。周曹裔到了台湾，要求以华联轮向台湾银行抵押现金一百二十万新台币，作为偿债的抵押品。于是当年六月份，台湾省参议会、财政厅、招商局、交通部、台北地方法院与台湾银行一起开会决议，答应中联公司以华联轮抵押贷款，以支付太平轮事件受难家属；这项贷款，直到次年四月二十一日才拨付全额；一九五〇年五月三日，安联轮也向台银抵押了三十万现金，作为支付太平轮事件赔款使用[1]。

这时，中联企业公司两艘营生的商船都抵押给政府，太平轮沉没，这家公司已经无法营运。大部分太平轮家属们接受访问时，都回忆：赔款实在是少得可怜！东势富商吴禄生之子吴能达说，他到二十几岁，看见早年书信往返，中联企业公司确有赔偿，但是事发当时他只有十二岁，不复记忆了。《时与潮》总编辑邓莲溪之子邓平回忆：早年是分批领取，但是金额不高，家中生计全落在母亲身上。在一些访谈中也发现，许多人的赔偿金完全没有到当事人手中，即被其他亲戚以代为保管为由，欺负无依无靠的孤寡家庭，甚至还没有到达受难者家属手中，就中途蒸发，不知去向。

曾经在海员工会工作、处理过太平轮赔偿事宜的任钦泓表示：当年事发后，太平轮与建元轮的船员，都只有个位数生还者，大部分船员罹难，但是在次年五月前均获理赔。任钦泓归功于海员工会组织庞大，在太平轮与建元轮碰撞事发后，即与船东协调，第一阶段提出赔款要求，最后是以每位罹难船员八十石米解决；因为通货膨胀无法控制，早上拿了钱币，下午可能是废纸，倒不如拿白米实惠（当年白米是贵重物资）。

华联轮与安联轮，成了中联企业公司向银行抵押的商船；但是抵押后，两艘船都并未再出航，而是在港口风吹雨打、日晒雨淋，最后成了一堆废铁。据说蒋介石曾经搭乘过两回华联轮，到各地视察，还在船上写下"同舟共济"四字。华联轮船内装潢多用进口货、舶来

---

[1] 台湾省参议会档案。

品，是一艘豪华轮船。周曹裔的儿子回忆，他们看到安联轮、华联轮在港口闲置，觉得好可惜！母亲还说："华联轮的地毯与窗帘，都是英国的呀！唉……"

传言中，太平轮是黄金船？

向来坊间传言太平轮是艘黄金船，船上有许多政商名流，为这艘沉船添加了几许神秘色彩。时逢小年夜，大家赶着到台湾过年，战火烽烟漫天，有人是要播迁到台湾安居，金饰珠宝、值钱细软多是能带就带。曾经有位太太在逃难时的记忆是：身上缠了一圈值钱的金条，外面一件大布衫，宽宽大大看不出什么玄机。

传言中这班太平轮还带了故宫古董，有人听说"怀素的字也在船上"！战火动荡，北京最大玉器行铺"永宝斋"负责人常子春，决定离开北平世居，到台湾另辟天地，让一家大小把所有家当都搬上船，值钱的玉器、古董，也全沉在浙东海域了。

上海小儿科名医徐小圃，也是收藏丰富的古董玩家，传说他珍藏的

当年坐上太平轮的政商富贾，多带着金条当保命钱。

名人字画都在船上；更有不少达官显贵，带着稀
世珍宝在身边，所以在沉船后，海面上尽是珠
宝、首饰……木箱、文牍四处漂流，在舟山群岛
海域，也一直有渔民打捞到金银珠宝的传言。

故宫文物是否也在太平轮上呢？据了解，
故宫国宝多半在一九四八年底，分三大批由海
军运输舰中鼎轮、昆仑舰与招商局商船海沪轮
等，抢运到台湾。同年十一月，中央银行的黄
金也同时分批运往台湾，负责运黄金的，从海
军海星号、美盛舰、峨眉舰，到招商局的汉民
轮等，后期军机也加入了运送的抢救行动。

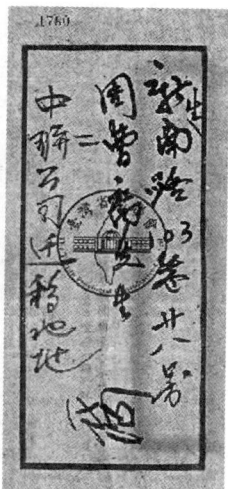

在台湾诉讼档案中，留
有周曹裔的资料。

一九四九年二月三日，上海《大公报》记
载，船上最大货物失主是中央银行，除了该行
全部卷宗外，还有运厦银洋二百多箱，每箱五千元，约一百多万元；
同月十七日，该报再度重提，船上有银元、金条，导致船身失去平衡。

长久以来，太平轮是条黄金船的传言不断。二〇〇四年，李登辉曾
在一场合说道："不要以为台湾今天的繁荣，是国民党抵台时，运来了
九百六十万两黄金，事实上没那回事，那艘船从南京来台湾时早在扬子
江（长江）口就沉没了。"一时间，大家又想起了太平轮的黄金传言。

太平轮上有中央银行六位行员押货到台湾，在记录上他们是押
送文件，其中只有一位生还者，罹难者中有一位是国库处的员工。据
《黄金档案：国府黄金运台一九四九年》书中陈述[1]，作者父亲吴嵩
庆将军（负责国民政府撤退台湾时的黄金搬运工作），在一月十日后，
得到蒋介石的手谕，把国库中的金银元、美钞移作军费，向台湾、厦

---

[1] 《黄金档案：国府黄金运台一九四九年》，时英出版。本书作者吴兴镛，父亲吴嵩
庆将军奉蒋介石手谕，运送黄金到台湾，书中提供了当年参与运送黄金的第一手
讯息。

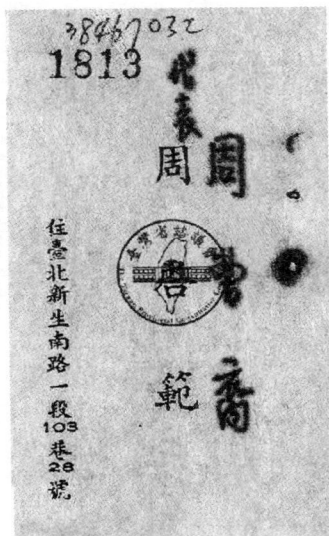
周曹裔的名片。

门输送，黄金全是用军机运送，只有银元用军舰送，也许把一些银元分点零头给了太平轮运输；据他书中资料推陈，"沉在太平轮的，估计只有银元、银砖，而没有黄金"。

周曹裔的儿子转述：早年他的长辈在提及太平轮时，父亲总是沉默不语，母亲觉得惋惜。父亲、母亲一无所有到了台湾，"大时代的悲剧，谁也不愿意发生这样的惨案呐！"偶尔有些长辈会提到，当年把那一箱箱沉重的中央银行箱子搬上太平轮，"一个箱子要八名壮汉才搬得动，总共搬了三十六箱"。提到曾经有的繁华旧梦，"母亲感伤，父亲始终沉默"。

"爷爷都不说话，我们家房子不大，就住在小小的公寓里，我放学回家就看他坐在客厅，看着窗外。"周曹裔的孙子回忆，爷爷在他小学三年级时过世，也带走了所有太平轮与中联公司的旧事与遗憾。

周曹裔的儿子、孙子，在台湾生活简单，都是单纯上班族："我们也不知道能为太平轮做些什么。"他们诚恳地说。

随着两岸开放的脚步，也曾有过外籍打捞公司或对岸机构托人来台向周家后人询问太平轮打捞事宜；事隔六十年，一直有人旧事重提，但是沉船打捞能否有进展，仍是未知数，只平添了更多想象空间。

太平舰与其他运输船，担起大迁徙重任

太平轮惨案发生后，国共局势更形慌乱，逃亡潮正式开始；当

太平轮沉没后，海军"太平舰"也在一九四九年加入了大撤退的任务，当年舰长为冯启聪将军（左一）。

时国民政府运用军舰，或是租用民间商船，大量运送到台湾的迁徙移民。一九四九年到一九五〇年的大移民，台湾涌入了近一百万的军民，细数从一九四六年到一九五二年的七年间，大陆迁台近二百万人之多[1]。

在谈论太平轮事件时，常与太平舰混淆：太平轮是商船，太平舰是一九四〇年代与其他七艘"太"字辈海军舰（太和、太康……）同时服役的军舰。毕业于海官十九期（民国二十四年班）的冯启聪，抗战胜利后升为登陆舰舰长，一九四九年初调任太平舰舰长；太平舰是一艘具战斗力的护航驱逐舰，曾在年初执行封锁长江的任务，截击英国邮轮，一举成功[2]。

大逃亡潮开始，太平舰也担负起撤退的任务，载着大批迁徙台湾的平民百姓，一路顺风顺水越过台湾海峡。冯启聪之子冯绍虎透露，母亲当年与家人就是搭着太平舰到台湾，大家第一次坐上军舰，都很新奇，四处张望、闲逛；他记得小舅舅说，大家看到抽烟斗的船长来了，全跑去围观穿着军服的船长，"据说那排双排扣很帅"！

"那年母亲还是南京女高的女高中生，在船上并不认识这位神气

[1] 《快读台湾史》，作者李筱峰，玉山社出版。
[2] 《中外杂志》331期《海军大英雄　冯启聪的生平》。

的舰长，之后她的同学介绍认识，就嫁给舰长了！"坐着海军舰撤退到台湾，后来嫁给舰长，也是一段乱世佳话吧！

一九四九年的金门战役"古宁头大战"中，冯启聪再立汗马功勋，后来担任海军总司令及"国防部"副部长。

在大撤退任务中，时局危急，曾由上海派出三十五艘轮船，一路把十万大军平安接回台湾，全数运到基隆；当时除了有中兴轮、复兴轮船公司，海牛号、海鹰号等商用船之外，还有台安轮，原属装甲兵的供义轮，空军的亚洲轮，青岛长记公司的得春、利春、亨香等轮船，四川民生公司的民族轮……都是加入大撤退行列的商船[1]。国民政府从北到南，都有征调各处民间货船，与军舰一起转进台湾的记录。

前几年，香港知名船商顾国敏接受媒体采访，谈及国民政府自大陆全面撤退时节，顾国敏和父亲顾宗瑞经营上海泰昌祥轮船行，原本家中景况优渥，但是七艘船全被国军征用，只好自费租飞机，全家才逃出上海，当时口袋只剩五百港币。

在采访中，八十多岁的老航商顾国敏不禁感慨："为什么我们家的事都没人知道，当年国家征用，不收钱，带来政府要员和中央银行的金银财宝不计其数，还有故宫文物，对国家贡献多大！"但是后来都不闻不问。

在访问中他谈及：当时国民政府曾登报感谢，应允将从优赔偿抚慰。各船公司协助接运部队来台，这些民间商船，包括泰昌祥轮船行的客船"江苏轮"，都是在一九四九年五月被国军"无偿征用"的运载部队，"等于充了公"，到了台湾都被各部队控制运用，或充作水上兵营和仓库[2]。

---

[1] 宁波同乡会 351 期《航业海员多甬人》，作者任钦泓。

[2] 《台湾的敦克尔克爱国船商贡献大》，《联合报》记者卢德允报道。2005.7.19.

作家笔下的太平轮及其他

一九四九，对这一代的华人是个敏感的数字，战火迷乱，两岸相隔，记忆离散在许多来台湾作家笔下。一九四九年离别故乡，到了台湾落地生根六十年，悲伤哀怨，往往成为上一世纪的符码；最后一班船，成了少年青春的乡愁。有人一辈子没有再回到故土，有人再回少年山河梦土，却再也唤不回花样年华。

林海音保有的中兴轮船票。

太平轮曾在白先勇笔下，化为小说《谪仙记》的题材，《谪仙记》中曾写到一位上海小姐李彤，因太平轮出事，父母都遇难的情形，之后被上海谢晋导演改编成电影《最后的贵族》。

二〇〇七年春天，与曹又方在上海相约吃饭，她说要写部小说，构思把太平轮背景放入。回台湾后，我把太平轮相关剪报资料寄到她珠海住处，相约哪天再多聊些太平轮往事；可惜她二〇〇九年春日辞世，我们来不及一起再赏桐花，也不知道太平轮的小说，她写完了吗?

一九五〇年代女作家徐钟佩，曾经生动地描述了搭乘太平轮的经验：

> 太平轮是一个黑黝黝的大黑洞，人一下洞，就有一股异味扑鼻，地下又臭又酸，原来是艘货船改装。[1]

夏祖丽说，她们全家是坐中兴轮到台湾，她的丈夫张至璋全家也

---

[1] 出自《我在台北》书中《地狱天使》，重光文艺出版。

林海音手稿中谈到坐船到基隆的印象。(林海音家属与"国家文学馆"提供)

是，只是当时年纪小，不复太多印象。她的大哥夏烈说，她们全家坐中兴轮，但是父亲何凡早年许多精彩照片、参加比赛得奖的奖牌，全跟着太平轮沉落海底了。他们的母亲林海音，却细心保留了中兴轮船票及一篇陈述他们初到台湾的短文。

许多作家都曾描述离开大陆的最后一眼，如军中作家王牧之、王鼎钧，都曾叙述过别离惆怅。司马中原是在一九四九年五月十二日下午，坐上最后一班"大江轮"商船，在共军的炮火射击下，仍往台湾航行。他形容上船时：

> 当时雨落得很大，炮火却不断盲射而来，码头北面是大片广场，广场上几乎排满了装甲军车……我被安排在船腰上空的一艘救生艇上，视界广阔，空气很清爽，但离开烽烟滚滚的大陆，心里却很凄伤。[1]

---

[1] 285期文讯《云烟琐忆来台六十周年》，作者司马中原。

曾经对立六十年的政治标语、口号退场，如今是公仔商品满天飞。

雷骧也是在一九四九年五月随家人到台湾，枪声、炮声已经在虹口响起，雷骧与母亲、家人，赶上最后一班海鹰号；他的父亲与哥哥，分别是坐太平轮与中兴轮到台湾。海鹰号船长妻小仍留在上海，船长也知道这回出航到了台湾，与家人很难再聚首，他不愿出航，二度驶出港口，却又再开回黄浦江头，心中万般不舍，"最后好像是有人拿枪指着船长，船才开出去，向台湾航行"。

上船后，他与哥哥住在船员室里，旁边是启动船行的大锅炉，温度高，船又晃，他只记得晕吐的感觉，他们只能躺着，躺到风平浪静，台湾就到了，那年雷骧才九岁。

一九四九年划开了两岸，也划破了两个不同的政权与时空。台湾方面说：神州变色，要建设台湾，作为反共抗俄的基地。在舟山群岛大撤退后，甚而提出了"一年准备，二年反攻，三年扫荡，五年成功"的目标。大陆则高喊胜利解放，人民当家做主，中国一定要解放台湾。之后两岸互称蒋匪、毛匪，剑拔弩张了半世纪。

六十年过去，两岸开放探亲、通商、通婚、直航。两位在六十年前打得你死我活、打得石破天惊的领导人，都已作古。两岸情势丕变，曾经对立的标语、口号渐次退场，取而代之的是向钱潮靠拢。对岸满街的毛泽东手表、毛家菜、解放军书包，海峡这头蒋家商品、蒋家传奇，全成了观光客吸金器，两岸都在卖他们的公仔、肖像、传奇，仿佛遗忘了六十年前的家破人亡、妻离子散。

回首六十年前，来不及到达台湾、葬身海底的魂魄，早已随巨浪舞动向天；汹涌潮水，将陈年往事滚向远方。天，望不见尽头；海，看不见彼岸。所有的幽怨，化为沉香，期待着下一轮太平盛世！

别离之舟

——太平轮人物故事一

生还者，长跑的纪念

叶伦明

六十年前一场近乎千人的海难，几乎为世界遗忘。幸还了三十六位生还者，在多年后，没有人知道他们在哪个角落；但是对生还者而言，他们一生也不能忘记六十年前的那个晚上。

在二〇一〇年前叶伦明是唯一能采访到的生还者，令人动容的是，叶伦明一直用他自己的方式——长跑，来纪念当年死难的朋友；他也是香港最年长的马拉松长跑选手，在香港颇具知名度，拍摄过许多公益广告。

活着是历史见证

二〇〇五年五月，站在人来人往的铜锣湾地铁站，车声、喇叭声喧嚷着在街头嘶吼。精瘦的叶伦明出现了，一时间很难想象，六十年前，他躲过生离死别，活着成为历史的见证。

这位在香港被昵称为"叶老"或"叶伯"的叶伦明，一九八〇年到香港定居，天天慢跑，还参加脚踏车、游泳、慢跑三项铁人赛，"我要为他们而跑！"

在叶伦明口中的"他们"，就是一九四九年一月二十七日晚上，在太平轮与他一起用过晚餐的朋友。他还记得那个晚上，大家都很兴奋，因为是小年夜，大家期待下了船可以和家人团聚。叶伦明与几个熟识的朋友坐在一桌，他坐在饭桌边上，为大伙盛饭；没多久突然听到一声巨响，冲出去，甲板已经倾斜，海水进到船舱，大家纷纷逃命。

他记得被冲进漩涡里，几乎没有办法呼吸。可是他想：不能死呀！一咬牙，努力往上游，冲出了漩涡，头伸出了水面。海上一片惨叫声、救命声、哭声，漂落在海面各个角落。夜深，空气冷冽，冰凉海水阵阵打在脚心，他摸黑看见一个木桶，紧紧捉住；依稀记得这样的木桶有大、中、小三个，也分别有人看见，快快地摸上了木桶。他开始努力寻找是否还有生存者，有人伸出手来，就尽量拉住他们的手，让大家可以齐心扒着木桶，等待救援。

叶伦明是六十年前海难生还者，目前长居香港。

深沉的大海一片漆黑，刹那间没有了声音。他趴在木桶上，遇到有人，就努力伸手试试是否还有呼吸；摸到有些人的脚，也会攀住。十几个人在海里载浮载沉，一起游移。他回忆当时太平轮应该还有十几条救生艇，但是撞船时太突然，根本来不及放救生艇，甲板就迅速沉下。"有人心肠很坏，自己放了小艇，也不愿搭救别人，就往前冲了！"六十年过去，叶伦明依然愤怒。

漫长的海上漂流，冷湿、无尽地等待，大家只听到彼此的呼吸声，也不敢交谈。在生还者李述文自述中[1]，也提及雷同的经验：

> 从此茫茫大海，一片汪洋，除听得断续之呼救声及怒涛声外，别无所获。福无双全，祸不单行，落水恐惧，已足使人精神受极大威胁，而天气冷冻之严酷，直可使活人冻僵，身穿衣裤，全部湿透，加以酷冻，身如贴冰，浑身发抖，牙齿互撞不已。

叶伦明回忆沉浮海上，自己熬不住风寒，几乎快要松手，"一抬头，一位白衣服的人在我头上向我吐口水，我就醒了。想再看看他，他已经到前面去了，我觉得这是观世音菩萨显灵了！他救了我。"直到现在，他还是虔诚的佛教徒。他相信在这样的灾难里，他能活着，是菩萨保佑。

---

[1] 李述文为山西人，在太平轮事件中家人均沉没大海，他死里逃生后，回到上海自费出版了一本小册子细数逃生经过。见本书附录。

直到第二天太阳升起，才有一艘外国军舰将他们一一救起，让大家在火炉边取暖，给他们食物、热饮，把他们的衣物烘干，再驶往上海安顿。

游泳、长跑，从小健身

一九二一年出生在日本的叶伦明，祖母是日本人；五岁时，父亲带着他们一家回到福州老家，从事制衣业，渐渐把日语忘了。父亲忙着在外面做生意，他七岁到上海念小学，当时长得个头小，为了不让人说是东亚病夫，就锻炼自己踢足球、游泳、跑步，小学期间，一直都是班上跑得最快的人；第二次世界大战期间，也一直不敢透露自己有日本血统。

"二战"结束后，叶伦明全家从福州到上海定居，住在鸭绿江路上。二十四岁，奉父命娶了福州同乡女子为妻，不久就带着妻子到台湾打天下。他侄女曾经说，当年叶伦明的兄弟也一起带着家人妻小陆续移居到台湾；他侄女叶少菁就是在苗栗三义长大，家中长辈从事制茶工作。

早年迪化街附近是福州人聚集的大本营，从事茶叶、药材、金饰、钟表等买卖，所以战后有大量福州人来台湾找机会，从北到南，分布各种不同的行业，叶伦明也是在那时候往来台湾与上海间。在叶伦明记忆中，当年他最常坐华联轮、太平轮，华联轮船舱比较优质，太平轮是整修改装的商务船，甲板下的船舱位子环境都很差。

被澳大利亚军舰救起后，这群生还者各奔东西。叶伦明回到鸭绿江路老家，因为才从船难中死里逃生，他对船行远方甚感恐惧，只能试着写信给台北的妻子，传达死里逃生的心情与思念，可是所有信件却被原封退回。不久两岸局势封锁，他失去了与兄弟、妻子的所有联结。

解放后的上海，叶伦明与父亲相依为命，平日他就靠着手工，缝制衣物上街贩卖，当个小贩糊口；也因为他是低层劳动者，在"文革"期间，三反五反、思想改造的风潮中，他安然度过，没有像许多知识分子，在"文革"时期被送进农村劳改。

一九八〇年代大陆改革开放，叶伦明到香港，开始与台湾的兄弟通信往来，才知道妻子早改嫁他人，也有了小孩，而他父亲比他更早知道事实，但是半个世纪过去，父亲并不曾对他提及妻子早在太平轮事件次年就改嫁的事情。这段过往也成为叶伦明最不愿提起的记忆。

几次试着请他谈他的妻子与婚姻，他都低头不语，后来干脆否认结过婚。

据他家人说，前些年他的原配再嫁丈夫已过世，晚辈希望撮合他们再续前缘，他说："不要了，她没等我，一个人习惯了。"

香港长跑代言人

在香港定居后，叶伦明住在柴湾的国宅，狭小空间里，摆着一台老缝纫机；二十多年来，他婉谢社工员照顾，坚持独立生活。"我在海难中都没死，你们去照顾别人吧！"自从太平轮事件后，六十年来，叶伦明从来没有看过医生，即使有小感冒，多喝水第二天就没事了。平日自己打点吃食，很少外食，一天三餐，多吃蔬菜水果，不吃油炸物，不烟不酒，晚上看看电视打发时间。

在香港，他一直都靠自己双手缝被单、蚊帐、枕头套、窗帘、床单等贩售，有时他还会卖几张手绘的油画给观光客。在香港二〇〇二年《南华早报》报道中，就有记者形容过他的居家生活："陈设简单，墙壁、桌上摆满了上百份荣誉状，全是他参加马拉松赛得胜的大小奖，墙上还有一张他与当年香港特首董建华的合影，床上零落散叠一些卖不出去的蚊帐。"

一九八〇年代，他到香港后不久，在路上看见马拉松活动，决定

叶伦明在香港是年纪最大的马拉松选手，常拍摄公益广告。

恢复年轻时候长跑的习惯。这二十几年他最常练习的路线是：从柴湾坐车往石澳渔村，在山路间慢跑训练耐力。平时他六点起床，就沿着石澳的青翠山路上坡、下坡。二〇〇九年的春天，我也沿着他长跑的路线走了一圈。初春时节，山上的花都开了，粉红粉紫的洋紫荆在雾气间怒放，穿过一山又一山，终点是一片海水浴场，夏天他会再去海泳，吃完早点再回家。在山上慢跑运动的年轻人都称他叶老，香港一些年轻长跑者的博客上，还不时见到关于叶老的报道。

二十多年的慢跑，为他打开了一扇通往世界的窗，多年来，他已经跑遍世界，远征过美国、日本、南非、中国大陆；一九九三年还参加过二十九小时连续长跑的马拉松赛，得过冠军；一九九七年他远征南非，参加奥运元老马拉松比赛，也是冠军。一九九五年开

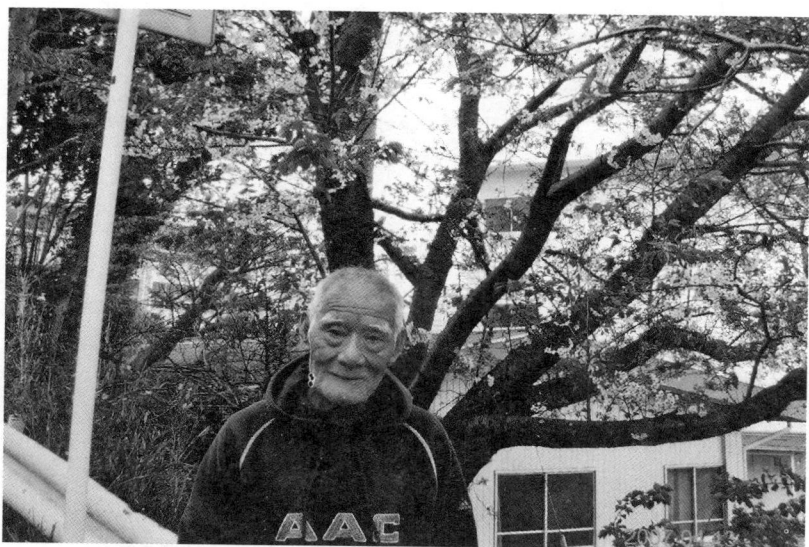

叶伦明没有子嗣，晚辈对他极尊敬，这是他远赴日本旅行的留影。

始，香港的 Nike 公司长期赞助他的球衣球鞋，"因为他开始参加慢跑时，运动鞋太大，运动衣也没有。"之后叶伦明跑出了知名度，每年香港慢跑活动都会请他出马拍广告、上电视宣传，甚至以他为梦想家的主角，作为马拉松或铁人三项赛的代言人，多年前还为他设计过长跑公仔。二〇〇九年《Time》杂志也出现他拍摄的公益形象广告。

近年来他身体逐渐退化，不太能慢跑，而改快走；他孤独的身影，在青翠山峦间，已成为许多香港年轻人的典范。有些年轻人在博客上写，每回看叶老孤独的背影，就感到崇拜，甚至用"不停步的老马"来形容他的毅力。

问他还会跑下去吗？他说："当然，跑到倒下为止！"对他来说，伴随他长征的勇气，正是六十年前那些在太平轮上无缘活下来的伙伴们！他说每次慢跑就是一次活下去的勇气。六十年前一起在船上的朋友，来不及到达台湾，就被大海吞噬，他幸运地活着，他要努力留住呼吸与生命的感觉。"只要跑步，就觉得肉体、心灵都满足，也从不感觉孤独。"

"下回台湾有马拉松，记得找我去跑唷！"八十八岁的叶伦明眯起眼说。

后记：本书繁体版出版后，叶老即被晚辈接回福州老家享天年。

资料来源：
《南华早报》，香港，2002.3.18
《成报》，香港，1998.2.23
《东方日报》，香港，1999.10.12

她活下来了，那年十六

王兆兰

在官方公布名单中，王兆兰是太平轮三十六位生还者中最年轻的一位，也是仅有的两名女性之一，目前住在台湾。当年她与母亲、妹妹、弟弟一起搭船，所有亲人不幸罹难，只有不会泅游的她，被人拉起来。"不知道什么时候妹妹的手松开了，弟弟也不见了，我被人拉到木箱上，我呆呆地看着海，清晨太阳出来了，有艘船经过，大家说喊哪！喊哪！我喊不出来……"

二〇一〇年一月二十七日太平轮纪念协会成立，一些受难者家属电话不断，新的线索时有浮现。这天早上，有位长者的低哑嗓音，从电话那端传来，根据这些年的工作经验，大部分是受难者家属，或是来托付寻亲的。"请问您是哪位？"停了很久，很久，电话那头传来："我是生还者。"我心头一震，天哪！三十六位生还者之一吗？

过完农历春节，约了去王兆兰家拜访。"我想了很久，才打了电话。"年幼时在山东烟台长大，父母在上海开餐厅，把他们姐妹托给东北家乡的祖父母照顾。日本占据东北，学校国语是日语，课本是日文，王兆兰祖父母坚持让孩子们上私塾，读写汉语，学三字经、百家姓。"我没上学。"

抗战时候王兆兰也曾在青岛舅舅家度过了几年童年岁月，骑脚踏车，采苹果。"我过了好几年快乐的日子。"当时的生活费是父母亲定期托人从上海带到烟台，在他们家一两黄金可以过一年半年的。

一九四八年四月，全家已经到了台北，父亲在台北开悦宾楼餐厅，过去他们在上海开餐厅，接着父亲留在台北，母亲带着他们姐弟经常往返于台北、上海。一九四九年一月，母亲带着全家大小坐上太平轮，还有亲友们一起要到台北陪父亲过农历年，原本是母亲不想去，父亲急急催促，她们原本买了船票又改买机票，后来发现飞机没办法携带太多家当，又换买了太平轮的船票。家中衣物、家产，全都装带上船，像家里准备的布匹，也全数上了太平轮。

她们买了有房间的船票，但是她们几个姐妹，不想进船舱：空气差，浪大，很多人都挤在甲板上，她与小两岁的妹妹王兆仙还有亲戚潘云凤，手拉着手，穿了厚衣服在甲板上，甲板上人多，也热闹。

"轰！轰！"两艘船以丁字形相撞，船渐渐倾斜，黑夜里万头攒动，海浪无情地打在甲板船身。她用力牵起弟弟的手、妹妹的手，母亲与她说的最后一句话是："带好弟弟妹妹呀！"还来不及再看母亲一眼，妹妹已经被海浪冲走，母亲也立刻在眼前消失。

船一互撞，开始的时候还有人说没事、没事，浪打来，船身倾斜，下沉的人就越多，有人拿着枪，让大副放救生圈，大副不肯放，浪来了，又冲远了船，水又更深了，有人松手掉下去，浮在海面的人越来越多，王兆兰紧紧捉着弟弟妹妹的手，紧紧地，心里还念着佛号："菩萨保佑！菩萨保佑！"慌张、混乱、叫嚷、哀号在海面震响，随着时间分秒过去，船逐渐下沉。

在王兆兰的记忆中，好像半个小时，船就没顶，她记得自己吃了

时隔多年，王兆兰谈到太平轮还会激动。

45

几口水，被浪打下去，再漂起来时，已经被人拉在木箱上。"别动！别动！"上面已有几个人，一边高、一边低的木板，大家扒在上面，还有位老先生，好像随时会掉下去，有人还不愿上来，怕一上来，把木板压翻了，这人就一手抓着木板一端，在海面上漂浮。深夜的海面温度极低，她不知道母亲、弟弟、妹妹都在哪里，只在心里祈求全家平安，也祈祷她们已经被人救上岸了。一夜不敢合眼，身上的衣服全湿透了，清晨阳光洒满海面，一切噩梦似烟消云散，经过了生死别离，阳光初现；王兆兰面无表情，远远地一艘船走过，"叫呀！叫呀"！扒在木板上的人，身体僵硬麻木，大家用力地挥手大喊，希望远远的那艘船可以见到他们，把他们拉回岸边。经过一夜生死挣扎，大家都累了，漂流在海面上的人影，多半没有了呼吸，一堆堆散落的财物、衣箱、货品，随波游荡，旧事，亲情，爱情，散落的生命，在黑夜中逝去。

王兆兰张开口，却没有声音，"我叫不出来"，说着往事，王兆兰数度哽咽，哭不出声音。呼喊救命都没有了气力，甚至怀疑自己是否

作者与王兆兰夫妇。

真见到了阳光。当她数度掩面啜泣，体贴的丈夫祈思恭，轻轻地拍着她的背："慢慢说，慢慢说。"再回首六十一年前往事，有些残忍。

台北初春阳光和煦，王兆兰说着过往，温文儒雅的先生陪着她，也曾在年轻时听她谈及悲痛往事，这些年她一直藏在心中的悲苦，并没有因为时光逝去而冲淡。

把他们救起来的澳大利亚军舰，把漂散在海面上的生还者，一一拉上船送回上海。王兆兰记得船上只有她与另一名女大学生是仅有的两名女性，她年龄最小，在船上，这些军人对他们极为礼遇，给大家热汤热茶，把每一个人的衣服拿去烘干，到了上海上岸前，桌子上放着大家口袋中的证件细软，供获救者认领已经烘干的证件，王兆兰找不到自己的随身物品，还麻烦这位女大学生与外国军人沟通（这位女大学生是曾投书报章的周侣云，她与表哥一起搭太平轮到台湾与父母亲团圆，可是擅长游泳的表哥却被大浪冲走，周侣云获救，回到上海写了一封信给父母亲，详述生还经过）。当年还是大学生的周侣云与王兆兰，是官方名单中仅有的两名女性，王兆兰还记得周侣云的英文很好。

在台北得知噩耗的父亲，火速赶到了上海，把王兆兰带回台北，也替母亲王姜氏与罹难家人做了衣冠冢。她记得那年弟弟王兆章才八岁，妹妹王兆菊十岁，大妹王兆仙十四岁——他们都来不及长大。同行受难的还有家乡友人姜涟生与怀孕的妻子，还有同行的亲戚潘云凤与她的弟弟潘云章。

到了台北，王兆兰的人生，似乎应了古人说——大难不死必有后福。她说她最庆幸的是好好念了十年书。早先她在大陆家乡，没有机会受正统教育，一九四九年回到台北，父亲持续忙碌悦宾楼餐厅的生意，她插班念小学四年级。她的学生生涯很顺利，念了北一女初中，直升高中部[1]，大学念了师范大学的图书数据科，之后在

---

[1] 北一女是台湾最有名的女子中学，连战妻子连方瑀，马英九妻子周美青都是这所学校校友。

图书领域工作了一辈子，生养了四名子女，个个都很有成就，这是她最欣慰的事。

她也很感激父亲在变故后娶的继母，对她非常照顾，代替过世的母亲给了她家庭温暖与母爱。她记得长辈告诉她"乱世没有时间好等"，而且她还有更小的弟妹在台北家中等着团聚。继母出身大户人家，非常能干，协助父亲持家，照养子女长大成人。王兆兰在台湾的人生顺利平稳，如今她在台北生活，过着含饴弄孙的退休生活，每周还去当志愿者。家中墙上挂满每年的全家福，全家快乐幸福得让人艳羡，她自己很知足。儿女家人孙辈们都不让她操心，"平安就是福"，走过人生大难，王兆兰平顺地在台湾度过快乐人生，更能体会平安的可贵。

海上漂流的衣柜

葛克

船身歪斜，人声沸腾

冬日的黄浦江头，看不见阳光，太平轮停靠在黄浦江头，不断涌入上船的旅客。要过旧历年了，所有人都大包小包，穿戴了一身家当，赶着要与台湾的亲人团聚，念着要离开局势动乱的上海。

码头边，拉着黄包车的车夫，急急按喇叭送客人上船的司机，一箱箱准备运到台湾的木箱被吆喝着抬上船；赶着运到台北迪化街的南北杂货，国民党一〇八箱史料、中央银行打包的国库及文卷账册二三一箱、业务局账册五二五箱，上海各金融机构、银行、钱庄的保险公册、信用状、报表，所有工商企业生产和经营往来资料共一三一七箱[1]都陆续送上了船。

一吨吨要送往台湾用来建设工程的钢筋也不断运上船，挤满了六百吨，船逐渐倾斜了。"我看到船身都歪了，我不敢坐，就把船票卖了。"当年没上船的青春少女，因此逃过一劫；同年到了台湾，成为台大外文系第一届的毕业生，在采访过程中，我们称她施奶奶。

但是并非每个人都像她那么幸运，逃过一劫。原本下午要开的船，货多、人多（许多人没有票也挤上船），直到晚上才匆匆离开了黄浦江码头。夜深了，船离开黄浦江一路航向台湾，时局紧张，施行宵禁，原则上海面不准行船，但快过旧历年了，海面上仍然尽是忙碌的船舶，没有挂灯，没有鸣笛，只听到船上的马达声：哒、哒、哒……此起彼落。

这天晚上，没有雾，满天星斗，船上的旅客大多沉睡。

无尽漆黑的海面，剧烈的"砰"一声，太平轮与载煤的建元轮呈丁字形碰撞，撞醒了沉睡的旅客！救生圈不够，超重的船身逐渐倾斜。工作人员试着往舟山群岛靠近，想要找片沙滩搁浅，但超重的太平轮拖着两千多吨的人员、货物，逐渐下沉……漆黑中，旅客哭喊、

---

[1] 《轮机月刊》之《航业动态》1949。

喧嚷。就在浙东海面，船渐渐没顶。

你怎么活着？

"你怎么活着？"袁家姞回忆第一次巧遇在船难中被救活的葛克，眼神涣散，只剩下空洞的躯壳。

葛克，在太平轮获救名单中排名第三十四，当年是国防部参谋少校，为了要在农历年前将妻子家小带到台湾，买了船票。原以为全家上船，张开眼，就可以踏上四季如春的宝岛，没想到却是踏上了悲剧航程。

船难发生，每个人都惊慌失措，争相逃命；救生圈不够，葛克带着妻小往海里跳。船沉没，船舱的木板、衣柜、箱子四处漂落。会游泳的人抓着板子就在海上漂浮，不会游泳的、力气小的，没多久就再

葛克是太平轮三十六名生还者之一。

也见不着人影了。冷冽的海浪滚动着冰冷潮水，一波又一波，小孩、大人的哭泣、尖叫，凄厉地划过深夜。

入冬的海水，越来越冷，许多人熬不住冰冷，逐渐失去体温而松手、沉没。葛克在黑夜中看不见妻子，也看不见孩子，他焦急地四处寻找，顺手拉起穿军服的陌生人，两个人搭着一张破落甲板，在黑夜中对望。

黎明，清晨雾中，他们被路过的澳大利亚军舰救起，获救的人被安置在锅炉边烘干身体，一人一条毛毯，没有人说话。经过浩劫，他们被送到医院，在医院里，袁家姞遇到葛克："你怎么没死？"

当年的袁家姞刚从北平辅仁大学毕业，到台湾旅行，对台湾印象极佳。过年了，回大陆的老家准备吃团圆饭，听到太平轮出事，因为兄长袁家艺[1]也在船上，她着急地赶回上海，到医院探望生还者，希望问出有关兄长的线索，也为受难者家属提供协助，第一眼就望见葛克。

二〇〇五年一月，在上海档案馆，调出一九四九年二月二十二日葛克以证人身份叙述的证词：

> 我偕妻与子女购妥船票于二十六日上船，原定二十七日下午二时启碇，不知何故竟迟至四时二十分才启碇离沪，行约八小时后（事后始知浙江海面白节山附近）于曚睡中船身砰然震动，初以为搁浅，继乃得悉与另一轮船碰撞（后知为建元轮）。建元轮被撞后立即下沉，太平轮尚以为本身无恙，茶房对船员及茶役等，亦告知旅客安心，继续行驶，那时下舱已有浸水进入，余乃挽内子及三小儿随众客挤登甲板，本欲攀登救生艇，奈人已挤满，无法插入，是时余抱长子及次女，余妻抱幼子于怀中并挽余之右臂，立于烟筒左侧，紧紧拥抱，精神早已慌张失措，一切只

---

[1] 《台湾新生报》记载袁家姞到中联公司查看名单，但是名单没有寄来，所以只能希望哥哥没有来。1949.1.31。

有付诸天命。

　　船首右部已渐下沉，转瞬间砰然一声，忽感一身冷气，知已随旋浪坠下海中，妻儿业已失散，余连喝水数口，乃努力向上挣扎，漂浮水面，获一木箱，乃向灯塔方向划行，奈适退潮之际，是时有风浪，不能随心所欲，木箱亦因进水又欲下沉，余乃另寻他物，回顾适有一大木板，离身不远，遂乃弃箱就板，后又续上二人，三人端坐板上，下半身浸于海中，乃开始漂流茫茫大海上，作生死之挣扎，落水时之恐怖，已使精神受极大打击，而天气寒冷，全身又湿透……

　　东方渐白，遂见一巨轮向我方驶来，乃勉力嘶喊呼救……

　　船难发生后不久，葛克参与了受难者家属善后委员会，来回两地，出庭作证写下了证词，向中联公司索赔。"我觉得船公司不守时间，是最大的错误，船上管理不得当，救生艇不能利用救生，反而与船同时下沉，载重逾量，全船无一空地，非货即人，因此加速下沉，这次许多人死于非命，中联公司当不能脱卸责任。"直到同年四月底，他仍来往两地出庭应讯。

　　但是随着国共时局吃紧，将近千人的生死，也就随着政治局势，草草结束，最后太平轮船东中联公司抵押了两艘轮船，赔偿受难者，但是金额却不尽如意，该公司也以破产收场。

　　太平轮船难后四天，历经三个月的国共平津战役结束。四月二十三日解放军强渡长江。五月二十日，陈诚宣布台湾地区戒严。十月一日，共产党正式取得政权，建立国号。十二月十日，蒋介石到了台北。

　　太平轮的惨案正式无疾而终，所有来往证词、文件多半留在上海。台湾省议会档案室存有台湾讼诉文件与赔偿记录。

　　回到台湾，葛克继续在军中服职，袁家姞在建中教英文，次年他们结婚，生下两名子女，女儿是著名的演员葛蕾。朋友说他们是因为

葛克与妻子袁家姞的结婚照。

海上漂流的衣柜结缘。

"小时候，每个周末，都有位穿军服的伯伯会到我们家喝茶，他与我父亲，很少说话，两个人坐在客厅一整天，喝茶、看报，长大了我才知道他们是太平轮上被救起的生死之交。"葛克大儿子葛擎浩回忆。从小到大，父亲与他谈过千百次的船难、求生，脑海中深深印记着父亲逃生的传奇。然而最让他印象深刻的是：两位经过生命风浪的男人，在客厅坐了二十年却从来不说话的画面。

"我比较少印象，他都告诉大哥了。"葛蕾说。

两位生还者默默的午后

多年后，《寻找太平轮》纪录片小组的制作人洪慧真与李介媚，因为袁家姞介绍，看见了那位早年常常坐在葛家客厅一下午的伯伯——陈金星。担任军职的陈金星与葛克，在太平轮船难中都是幸运的生还者，他也同样在那场船难中失去了妻子与儿女；回到台湾，两人恰巧都住附近，每到周末，这二位生死与共的朋友，总是默默地对望，直到天色已暗。

陈金星在台湾担任军职，妻子过世后，娶了小姨子为终身伴侣，每到妻子祭日，他总会在香案前，为丧生大海的原配，烧上几件新衣服新裤子，让爱漂亮的她年年有新衣。据说当年陈金星曾在船上答应妻子，到了台湾，过新年要为她添买新衣，好过新生活。不过沉静的陈金星并不愿意陈述太多当年往事，去年他离开人世，他的家属绝口不提前尘往事。这二位生死共患难的朋友，也带着上个世纪的船难，走入历史。

失落的公主

黄似兰

她说六十年了，永远不会忘记顿失依靠的童年，青春岁月一夜中，无缘无故地变成了孤儿，她在一封信里这样说：

我只知道我那时候起，无穷无尽的苦难在等待着我。

五十多年了，尽管亲情在那动荡纷飞的年代掠过，一切来去匆匆，以致追忆朦胧，但留在心灵的伤痛仍旧不曾抹去；我至今仍记得那是一九四八年的春天，上海战事吃紧，我母亲要托人把我送去台北，离开上海登上太平轮往台北的那一刻，她含着泪再三叮咛："因因！冷噢！绒线裤子弗好脱！""因因！刨冰吃弗得，吃了肚皮要痛格！"我更清楚地记得就在一九四八年的大年夜，因为知道父母亲要来，我欢天喜地地等待着，盼望着一家人可以拥在一起，吃上一顿团圆饭……

岂料接船的人回来的第一句话，把我的梦全敲碎了！屋外下着雨，悲恸把空气凝住，待呼天抢地地哭过后，大人们考虑到

黄似兰信件。

在上海时，有父母完整的爱，黄似兰的童年就像是小公主一样。

我父母留在上海的遗产，由于我才有继承权，大人们哄着骗着把我从台北弄回了大陆。我回去遗产没拿到（被我母亲托付的人吞掉了），人又出不来，就这样我开始了一个双亲缺席的童年！我在一个扭曲了人性、极度贫困的破败中煎熬着。

我被人歧视，被人遗忘，被人轻薄，被人打骂，被人把头按在地上磕碰，被人忽然地从梦中掀起被子打翻在地上拳脚相向……我在人生的道路上奔跑着，大声呐喊着，我捶肝裂肺地哭，我在孤寂中想念我的亲人，思念我的父亲、我的母亲……如果我的母亲还在，她一定会在我跌倒的时候把我扶起来，如果我的母亲还在，她一定会在人生的道路上陪伴着我一步一个脚印走过来……我捶胸顿足哭喊着问苍天，别的孩子此刻都做着豆芽梦，倒在母亲的怀里尽享人间的爱，人皆有父母，为何我独无？

最后的叮咛

"天冷，裤子弗要脱！"在上海外滩，冬日寒风刺骨，母亲抱着

黄似兰与医生丈夫在〝文革〞时的结婚照。

她，笑眯眯地亲了亲。

黄似兰永远不会忘记，那是最后一次见到母亲。一九四七年底，家中的亲戚带着她，先到台湾等母亲来与她团聚；待她如小公主的母亲，为她准备了好多漂亮的衣裤、毛衣、鞋子。可是这一别，却再也见不到母亲，从此她的人生更是从天堂掉到了地狱。

刚到台湾，黄似兰与阿姨、姨丈住在信义路一带，念东门国小，开心地等着母亲陆淑影从上海来团聚；她记忆中的母亲，漂亮能干，当时是东南贸易公司负责人，也是上海的议员，在上海马当路，还有自己的百货行。即使很忙，女儿睡觉前，她一定会弹着钢琴陪她入眠。黄似兰记得，身上的毛衣都是母亲亲手织的。白天她常打扮成小公主，美丽的蓬蓬裙、卷卷的长发、甜美的笑容里，都是母亲的爱心！在母亲工作的场域，大家都抢着抱她，给她糖吃。

记得太平轮出事的那天，姨丈到基隆等船；下午回来后，期待中的母亲并没有出现，姨丈只说："你妈妈的船，被风浪漂到菲律宾了。"她没说话，空气似乎结了冰霜。不久她被带到一间庙里，去寻找母亲与继父的牌位。"好多层牌位，我们一层一层地找。"

失去母亲，黄似兰的生活立刻从公主成了苦命女：白天念小学，下课回家，还要帮忙阿姨照顾初生的表妹、洗尿片、做家事，睡在客厅走廊。性格暴烈的姨丈常常出手打骂，她会带着青一块、紫一块的伤痕去上学。一回天冷了，姨丈把她打出门外，要她在院子里罚跪，整个晚上她只听到树叶沙沙，被风吹弯了腰的树影映在纸窗前，左晃右晃，刷出了巨大阴影。在日式房舍外跪到十二点，阿姨才开门让她进家门，她已经全身僵冷。

从天堂到地狱

一回正在用餐，姨丈无来由一巴掌打来，让她口中的饭喷了一地，"把饭吞回去！"她望着地上的饭粒，泪水在眼眶打转。阿姨嫌她尿布没洗干净，一巴掌塞在她嘴里，这都是家中常有的事。

那时她只有七八岁，"我真不知道自己怎么过来的，好想妈妈唷"！六十年过去，童年丧母的辛酸，并没有随着时间淡出，想到童年，她仍是止不住的泪。

父亲黄炎带着哥哥黄心坦，也另组家庭住在南部，一个月来台北看她一次。"但是爸爸怎么也不会带我出去玩，在家里我也不敢说什么。"回想起当年，如果父亲细心察觉，或许就改变了她的命运。

一九五〇年，为了争夺黄似兰母亲的遗产，亲人决定要她回大陆："爸爸来，不准跟他回家，要说想回外公家唷！"在她要回大陆前，父亲来见她，阿姨还交代黄似兰说是自愿回大陆的。"爸爸有问我，要不要和他住在台湾？我胆子小，不敢说出实情。"

不久后，她带着外公、外婆的照片，让空中小姐带上飞机，告别了台北，也开始了她不可预知的未来，那年她才只有八岁。

在香港，外公到机场接她，住了几个月，回到了外公、外婆广州的老家。"外公很老、很老了，外婆缠着小脚，家里还有阿姨、舅舅们一家全挤在一起。"唯一的经济支柱陆淑影的去世，使得这个家的日子过得更拮据！国民政府迁都台北，共产党正式立国，两岸迈入敌对状态。大陆说新中国开始，台湾说大陆沦陷了。

黄似兰并未受到外公外婆欢迎。生活困顿、家中食指浩繁，年迈的外公和缠着小脚的外婆已经老到没有能力给这个失去母爱的外孙女任何一丝温暖！黄似兰期待的家庭温馨落空。

从唱三民主义到唱东方红

阿姨带着她去插班，考小学二年级，望着黑板题目，她一道也不会！第一题：中华人民共和国领导是谁？在窗外的阿姨指指墙上那个灰扑扑、戴了顶帽子的人。"我在台北念书时，教室黑板上面挂着蒋介石，可是现在这个是谁，我不知道耶！"阿姨在外面与她比手画脚，教她写"毛泽东"。"可是我除了'毛'，其他字都不会写呀。"

第二题：国家是□□当家做主。填空题，答案是"人民"。当然，她落榜了，第二年才念上小学二年级。

短暂的台北记忆，留在她脑中的是"三民主义、吾党所宗"，还有简单的日常生活闽南语，是东门国小学来的，她说那段短暂上学的日子，是少有的快乐。

解放后的中国大陆，生活并不容易。舅舅在广东山区的火车站谋得一个站务员工作，一个月薪水二十九元人民币，就带着她与外公外婆一起迁居上任。舅舅在山区的小火车站卖票、看铁路信号灯，她则负责到江边挑水煮饭，到小山冈捡柴。江边有沙坑，几次她去提水，陷入沙坑，差点上不了岸！小小身影，还得天天到江边挑水。有一回去挑水时跌了一跤，水桶四分五裂。她坐在地上哭，一位大哥哥走过："别哭！别哭！我帮你修。"这位大哥哥巧手扎好木桶，已经很晚了。挑好水走过小路山冈回到家，外公外婆以为她去玩耍，狠狠骂了她一顿。

外婆晚年得子宫癌，黄似兰就担负起小护士的工作，服侍她洗衣、净身，外婆一身血，只有她细心照顾。外婆过世后，留下的旧衣服全部给她穿，那时候从台湾带来的鞋也穿不下了，她只好打赤脚上学。

念小学时，同学们都不与她往来，只因为她父兄都在台湾；在学校，同学会骂她是台湾来的特务，在她面前大喊"反右派"！或是走过她身边就高喊"打倒小资产阶级意识"！从台北到广东，她形容自己是活在悲惨世界里，"从小到大，我都是活在双亲缺席的童年"。

中学毕业，她选择念护理学校，希望能救死扶伤，其实也与母亲在太平轮的辞世有关。"我常想死是什么滋味？停止呼吸的刹那，她在想什么？我一手捏着鼻子一面想。"黄似兰说，她常想象母亲死去的那一刻："也许她是龙女吧！海龙王找她回家了。"这样自己安慰些。

护校毕业，她分配到广东佛山医院工作。二十四岁遇见了当医生的丈夫，早早结了婚，逃离了外公家。"文革"期间，他们夫妻分隔两地，一年才见一次，一个月薪资是三十六元人民币。当时是红卫兵排山倒海的年代，大家都要交代思想，学习毛主席著作，清晨五点在

黄似兰婚后初为人母的喜悦。

医院上军训课，白天站在桌上被批斗，晚上手抄毛主席语录，每天门诊应付九百到一千人次的病患。

叛国投敌，大批斗

　　一天她去上班，医院斗大的大字报从四楼挂到一楼，用黑色毛笔写"黄似兰叛国投敌"，看得她心惊肉跳；由于她成分不好，爸爸哥哥都在台湾，有海外关系的人都被贴上"反动派"标签，她成了思想改造的头号公敌——站在广场、大院里交代思想，或是穿着裙子，被罚匍匐前进。年幼的儿子放在托儿所，天天哭着找妈妈，长长的哭声划破了医院的长廊。"那是个将斗争进行到底的年代！"

　　那些年她最怕的是搞运动、被批斗。白天有那么多病人，从四面

黄似兰（右前一）在"文革"期间，与亲近的女性好友。（翻拍自广东佛山印象摄影集）

八方涌入，有些大老远坐火车来，半夜三四点就守在门口等挂号，她与另一位同事得负责为七百位病患打针，还要交代思想，"将心比心哪"！知识分子改造的声浪中，她与医院同事得下田、拔草、劳动，向伟大的农民学习。"每天休息不够，也不知怎么过来的！"

一九七六年"革命"结束，一九七九年改革开放的脚步近了。因为她有海外关系，父兄在台湾，她可以申请离开中国。第一步踩到澳门的土地，她深深地吸了口气，深深地、深深地，身边人车杂沓，阳光在微笑。

全家团聚

刚到澳门，两件衣服，三十元港币，她在澳门重新开始。为了讨生活，到渔夫家替人洗衣服、做三餐。澳门渔家的浴室很小，也没有窗户。天热，她把衣服脱了，光着身子洗衣服，等衣服洗好、汗擦干，再穿上自己的衣服走出去，就为了让先生与儿子能早些来团聚。

儿子与先生不久后也一起到了澳门，他们重新拿到医生与护士的执照，在澳门正式执业。一九八六年，全家一起回到台湾看望父亲与大哥，三十多年不见，父亲早已年迈，看到她就塞给她一大笔钱，她说："我不要，我已经有经济力了。""小时候对父亲有怨恨，恨他不细心，没有发现我的悲惨，没有带我出门玩耍……可是看到他老了，我就不恨他了。"

大哥黄心坦回忆："小时候我跟着父亲住南部，对妹妹没有太深的印象。可是一天，我发现他们互相有往来通信，才晓得妹妹的去向，我也让太太去澳门看过他们，她很辛苦，也很能干，这么难耐的岁月都走过来了，不容易呐！"

父亲在一九九〇年代过世，整理父亲遗物时，黄心坦找到母亲给父亲写的家书，以及一张母亲陆淑影年轻时参加"十万青年十万军"的照片，这是兄妹俩唯一拥有的母亲回忆了。

黄似兰的母亲陆淑影参加青年军的英姿。

黄心坦说父母亲很早离婚，他对母亲的记忆不及妹妹深厚；在上海念书时，母亲会到学校看他，连到台湾都是自己搭中兴轮来，父亲再把他接到高雄，从而有了与妹妹迥然不同的人生。

深深地一鞠躬

黄似兰一家在澳门住了将近三十年，儿子承袭了他们的工作，是位杰出的医生，媳妇是位营养师。一九九〇年代中期，她与先生还到纽约开中药行，前些年才又回到澳门。回首这一生，她觉得自己是在天上地下转了一圈，问她怎么看前半生的悲苦。"我就是要活着出人头地。"抬起头，她说，"我不过是活出了每天的自信。"

前几年，她走在路上，看见一家婚纱店拍卖礼服，一件五十元，她站着看傻了。"风华正茂的岁月碰上'文革'，从来不知道美丽是什么！"她一口气买了三十件，还特别定做了衣橱摆放这些

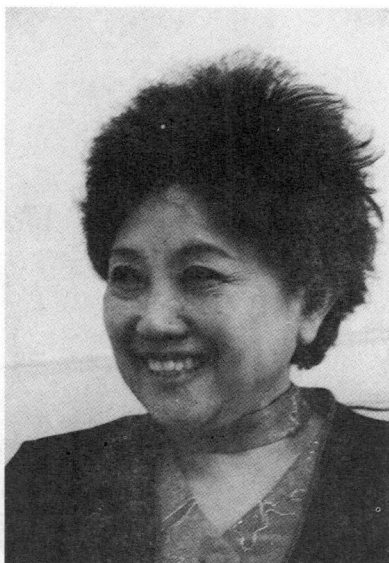

黄似兰在澳门成立了文化协会，经
常有表演的机会，弥补了年轻时候
没有进入演艺圈的遗憾。

小礼服；坐在床沿，她看着成排的礼服："什么时候穿呢？"年轻
时喜欢唱歌跳舞的她，小学五年级在少年宫，还曾在周恩来的面前
表演过；中学毕业也想当演员，可是家人不肯；当护士时，参加过
护士组成的歌舞团，慰问过伤兵。她认为是时候补偿生命中的空白
了，几个月后，她成立了澳门文化协会，经常上台表演，她说这样
才可以有机会穿礼服。

这几年她举办老歌欣赏，粉墨登场唱粤剧，唱周璇、白光的歌，
"那都是妈妈喜欢哼的歌"，她头一低。从小期待的绮丽世界实现了，
喜欢唱唱跳跳的黄似兰，在舞台上拾回快乐。她还到老人院从事公益
活动，远征大陆各省表演，舞台上的她光艳照人，"伤心，拐个弯就
忘了"！

太平轮事件六十年了，黄似兰最大的心愿是能到基隆，在太平轮
纪念碑前深深地一鞠躬。"我想知道他（她）们是怎样在惨烈的震惊
中走过来，我希望到基隆港纪念碑看看，去拜祭亡魂。"

一度黄似兰提笔写下自己悲惨的前半生，儿子却说：不要再写了，会把眼哭瞎了！

一个迟了六十年的追念，她一直放在心里。

后记：黄似兰前些年开始写自己的故事，可是每每写一些回忆，就哭得无法持续，儿子不让她再写，"会把眼睛哭瞎呀！"

没有船票，没有名字

王淑良

买下一张退票

看完太平轮的纪录片，严妈妈——王淑良找到我们，希望与大家聊聊往事。

夏日，在她基隆小楼里，她说着尘封多年的往事。来自温州的王淑良，有位经商成功的大哥王国富，平日往来温州、杭州、上海等地，与她的先生一起在基隆开设贸易商行，大家年轻，也都觉得台湾是未来的天堂。

第二次世界大战结束，百业待兴的台湾是许多人的探险乐园。这群年轻人在大陆与台湾之间往来，卖些床单、纺织品、球鞋等，整箱整箱地批货。王淑良也经常来往两岸，与家人、丈夫坐过中兴轮、太平轮，她对太平轮没有太多回忆，倒是中兴轮上有游泳池、餐厅，让她印象深刻。

"我哥哥才订婚，未婚妻父亲是温州首富，从事大宗买卖；那年订婚后，原想第二年要结婚，哥哥也多存些钱，好娶妻成家，却因为丈人因病到台湾治疗，嘱咐哥哥接下两岸生意，到上海办货。上海货办完，他想赶快到台湾过年收账，据说在码头问，没票了！"

哥哥王国富不死心，仍在码头徘徊，恰巧有人要退票，立即接手买了最后一张船票，轮船的购票名单上来不及写上他的名字。

"他就这样枉死了！"王淑良至今仍有许多不舍。

船难发生，她与父母都在温州，消息并不确定，只知道太平轮沉了，哥哥在船上。在基隆码头等消息的丈夫说，码头的名单没有王国富。大家都抱了希望，哥哥丈人再托朋友到上海寻人——"不在上海！""没有回家！"大家心都凉了，经营小船往来贸易的亲戚，带着台湾的香蕉回去说："听说有长得像王国富的人搭上了太平轮。"王淑良的母亲宁可相信，这个失踪的儿子是被人救起来了，只是还没回家。

局势渐渐不稳，一九四九年五月，国民党政府正式迁台，十月一日，中华人民共和国在北京成立。

当时她带着大儿子仍在温州，看着解放军进城、没收国民党资产、发放土地、工农兵大翻身，城里四处飘扬着五星红旗。

她在温州公务单位工作，看着公家单位重整、制度改变，她想不能一直待在温州，小孩不能没有父亲，决定抱了孩子到基隆，与丈夫会合。

抱着孩子，坐上机动船

一九五〇年一月五日，美国杜鲁门对台发表三点声明明示：美国不会干预中国内战，也不使用武装力量，在中国局势中不予国民党政府军事援助与劝告，但美国给予国民党政府有限的经济支持。一月六日，英国正式承认中华人民共和国。

同年二月，美国正式承认国民党政府为中国的政府；三月，蒋介石正式在台北复出。春暖花开的时候，也是台湾海峡风平浪静、海象绝佳的季节；下完春雨，中共为了消灭蒋家政权，在福建沿海集结了数十万大军，并在沿海征调民间船只一万艘，准备大举进攻台湾，全面解放台湾[1]。

王淑良回忆，当时温州街上四处都是解放军，两岸已经没有正式往来船行，解放军在各地没收原来国民党海内外资产，建立国有企业制度。如果要到台湾，大部分人会转往香港再到台湾，这是最保险的方式。两岸通信逐渐困难，丈夫仍只身留在基隆开店做买卖，托人带口信给她，暂时别到台湾："路上太危险了！"日子越久，王淑良心里着急，她知道再不离开温州，她一辈子就会与丈夫相隔两地，"孩子也不能没有父亲"！

她决定要带着孩子到台湾，把结婚时的首饰、戒指、值钱细软缝在衣服边上，一针一线钉好，套上层层衣服，把儿子穿得胖嘟嘟。临走那天，她一如往常到工作单位上班；晚上妹妹送她到港边，带着母

---

[1] 《台湾人民的历史》，刘建修著，文英堂出版。

亲亲手做的点心。她记得那时候是春天，大家都在船上等风向；路上树干冒出新芽，花叶也开满了院子，她告别了多雨的温州。

王淑良没有从香港到台湾，她选择了一条古旧的老路。自宋朝起，温州就是对外通商的码头，古人有诗句形容："一片繁荣海上头，从来唤作小杭州。"长久以来，来往台湾的船行，一直进行着正式与非正式的交通贸易，温州还有小型机动帆船到台湾基隆港，往来两岸，成为传递家书、小型贸易的要角，运送农产品、贸易商品等。

趁着春天风势小、没有雨的晚上，十几个人一艘船，总共三艘船，一起从温州出发。一路上只有她抱着孩子，这是一个赌注，谁都不知道能不能顺利到达台湾，她告诉幼小的儿子："不许哭。""哭了见不到爸爸！"

春天虽是最风平浪静的时候，但机动船小，行过黑水沟，风浪仍大，船舱摇晃得很厉害。一路上，乘船的人躲在船舱，谁都不敢大声呼吸，不敢大声说话，只能从甲板细缝偷偷往外望……是阳光洒满的白昼，还是月亮升起的黑夜？第一艘船半路上遇见海盗，全被洗劫一空；第二艘船还没到岸，在半路遇上了暗礁搁浅，不能动弹；只有他们母子这艘船，靠着简单的机动风帆，漂到了基隆码头。船一靠岸，王淑良惊呼："台湾终于到了！"十几个乘客站在基隆土地上，深深地呼吸仿若江南的空气，笑了。

丈夫看到他们母子平安，也大呼"上天保佑"！

在台湾住了近六十年，王淑良陆续又生了三个儿子。初到基隆，跟着丈夫学做生意，学说闽南语，在家里开小型的制鞋厂。一度她家的鞋行还是基隆最负盛名的鞋行！而后王淑良一直住在义二路的旧楼里。

遇见生还者打探消息

一九五〇年代，基隆有许多委托行，他们的邻居常与来自香港的客人往来，有些是同乡，一回遇见一位太平轮上的生还者，她向那位

哥哥无法到达的基隆港，
王淑良住了将近六十年。

同乡打听哥哥王国富的下落：

"认不认识王国富呀？"

"认识！"

"有上船吗？"

"有呀！大家打牌，他还旁边看呢！没下场。"

"穿什么呢？"

"一身全新丝绵长袍，很衬头！"

"船沉了，看见他吗？"

"沉下去，就没见着了。"

"没有墓碑，没有照片。"王淑良到今天，都宁可相信：哥哥是漂到了远方，在别的地方，一时回不了家。

太平轮事件发生不久，哥哥的未婚妻和父亲曾经到家里，与王淑良的父母亲长谈。后来，未婚妻一家都没有出来。"有再嫁吗？"王淑良长长地叹了一口气："我当时年轻，处理得不好，心中难过，更没有勇气去看她。"甚至在两岸开放探亲时，王淑良回到老家为父母

王淑良画得一手好国画，常开画
展，家里都是她的山水花鸟。

亲修坟，心中一直挂念着往事，却又提不起勇气去看那位没缘分的大
嫂。说着往事，王淑良红了眼眶。

在台湾经济起飞的年代，王淑良的丈夫与儿子在土城投资过
纺织厂，也随着儿子到美国住过几年，最后她还是选择留在初到台
湾生活的基隆，白天到社区老人大学学画画、学书法，开过多回书
画展，屋里全是她娟秀的字与美丽多彩的花鸟。丈夫过世多年，家
中店面早租给不同行当的业者，走在基隆义二路街上，邻居说：
"啊！严妈妈拢没老！"说着一口流利的闽南语："哈！那呒！"王
淑良笑眯了眼！

她说，住在基隆六十年了，哥哥没有到达的口岸，她住得最久。
在太平轮纪录片播出后，她与吴漪曼教授，最早提出要为太平轮事件
重做纪念碑。"那么多年过去，我只希望哥哥的名字能在纪念碑上！"

"那是个灾难，谁都不想回忆，可是我总希望有个地方纪念他！"
望着窗外蓝天，她一直留在哥哥来不及到达的彼岸，没有停止过思念。

未曾谋面的父亲

张和平、林月华

"万泉风云"的家族人物

二十多年前大陆东北一出连续剧《万泉风云》，描述了对日抗战时期的故事，其中的角色英勇军官张汉及其家族，说的即为张和平的父亲与家族人物。当年的导演在前几年遇到张和平，深入了解其家庭的故事，近期内决定要拍一部以她父亲为主角的连续剧《赤雪》。导演说："想不到这些故事的后代在台湾！"

六十年前，张和平的父亲张汉，只身坐上一月二十七日的太平轮，准备到台湾与全家团聚，他的母亲、姑母、怀孕妻子……二十几位家人，都在台湾等着他的到来。悲剧发生，"等着他回家吃的饺子都黑了！"家里还是不能承受他没有到台湾的事实。几个月后，张汉的遗腹女——张和平出生。

姑爷爷董英斌依她父亲原意取名和平。"我的名字是长辈取的，

在日本求学的张汉，少年聪颖，是家族寄予厚望的栋梁。

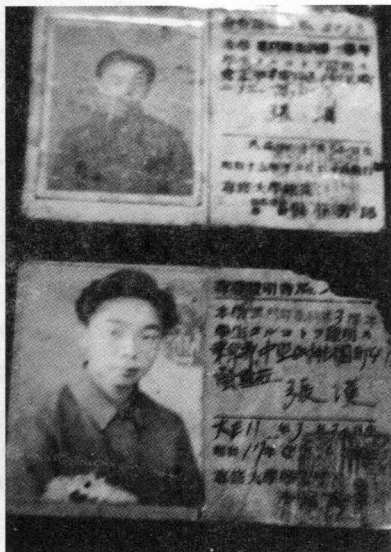

张和平记忆中，奶奶的大相本里，都是对父亲的思念，有照片、文件。

意思是不要战争，只要和平。"如果没有国共内战，张和平一家不会从东北南移，张和平也不会是遗腹女！在她的记忆里，家里有叔叔、婶婶、姑奶奶……一大家子亲人，但是父亲缺席。而他留下的这个名字别具意义。

小时候没有长辈提往事，也没人说到父亲，更不知道太平轮事件；直到长大了，初解人事，家人才告诉她关于父亲张汉与太平轮这场灾难。

张和平说，从小没有父亲，母亲在她十岁时离开人世，全是家中长辈带大她。长辈把她保护得极好："奶奶有个大相本，不准人碰，想念儿子时，会从高柜子里拿下来看看，我才有机会在相本里见到未谋面的父亲与家族长辈。""奶奶称赞父亲好聪明、好能干，很会念书。"

张汉十六岁通过留日考试，到日本留学。念完早稻田大学经济系，回到东北老家，没有从事相关金融工作，反而是投入姑父董英斌的麾下，在东北保安司令部成为军人，后来再到东北剿匪总司令部。

张和平的母亲与奶奶在东北合影。

童年中，父亲缺席，张和平却有长
辈们无尽的爱。

辽北失守后，家人、女眷一路转进北平、上海……再到台湾，并在台湾等待张汉到来。

张汉家族中数代祖先都是东北企业界名人或商会会长：父亲是北平朝阳大学法律系高才生，曾考取法国与德国公费留学考试，可是身为长子，家中不让他出国进修，他担任过哈尔滨呼兰法院法官及哈尔滨高院院长。一九三七年七月七日卢沟桥事件爆发，全面战争开始。当年夏日酷暑，日本已集结十五个师队挺进华北、华中，占据东北，并利用高压手段对付中国百姓，东北处处弥漫着"反满抗日"的情绪；当时日本宪兵队捉拿有爱国思想的东北平民，张汉的父亲不愿意对中国人下手，也不愿对中国人判刑，日本人就以思想犯的罪名将他关进大牢。三个月后他出狱回家，先是不明原因地生病，继而在半年后过世。家人推测，当时正值日本发动生化战争、细菌战的前后，张汉的父亲也因此成了牺牲者[1]。

父亲过世，家人不敢让张汉知道，怕影响他在日本求学。张汉学成回到东北，正是抗日战争高峰，他毅然投身军旅。从长辈们的叙述中，张和平对父亲张汉的了解是：一位年轻的、充满爱国情操的民族主义者。张和平形容：当年张家在东北开银行、办学校，开电灯厂、旅馆、人参店、绸缎庄，家大业大，每年秋天还有施粥济贫的传统[2]。不过张汉并没有承接家族企业，反而投身军旅，让家族引以为傲；然而在二十七岁时，却因为太平轮灾难，壮志未酬。张和平自小跟着家中长辈长大，在长辈们的关爱里，弥补了从小失去父母的孤独："我在爱里长大，从来没有感觉到失去父爱、母爱。"张和平记忆中，只有她不能随心所欲时，才会在心里问："母亲在哪里？如果爸爸在多好！"她说："我很坚强，从不掉眼泪。"

前些年开始，张和平着手整理家族故事，拿出奶奶尘封的相本，搜集姑奶奶张维真写过的文章、回忆录……也去了几回东北，埋首于资料堆里，与历史学者一起做史料研究；持续了几年，今年有位历史教授为张汉写了回忆录，暂时定名为《写在大海里的墓志铭》。

太平轮纪念活动，她几乎都不缺席，殷切希望有一天能到舟山群岛船难的地点，为父亲与当年的罹难者做场法会凭吊。

张和平说，六十年过去了，她用这种方式，纪念从未见面的父亲，缅怀上一代的精神与年代。

第一次见到父亲的名字

在《寻找太平轮》的纪录片发表会现场，林月华第一次在太平轮

---

[1] 张和平祖父当年入狱之处，正是日本军队在哈尔滨成立"七三一"部队、以生化细菌毒化中国百姓的实验场，目前已在哈尔滨的当年生化区现址成立纪念馆。

[2] 大陆大家族多有施粥粥会，照顾贫苦家庭。

林月华的丈夫周佑硕，为她解开身世之谜，每年太平轮之友活动，他们一定参加。

旅客名单上看见父亲林培的名字。太平轮事件发生后几个月，她才出生，就让邻居抱走，离开了亲生母亲；她从来不知道自己的家世，直到二十几岁成家后，才与生母团聚，第一次知晓太平轮事件。

记忆中没有父亲的身影，也没有在正式文件上看过父亲的名字，林月华从小在养母照顾下，迁居不同的城区。结婚后，丈夫周佑硕了解她的身世，鼓励她回到旧居寻找生母与家人。林月华从小被台北市籍的养母抚养，生活及饮食习惯都是台湾模式。生母来自福州，之前生了两位姐姐，在太平轮事件后改嫁。生母告诉她："因为父亲林培来往两岸做生意，住在后龙一带，一九四八年末，把妻子、女儿在台北安顿好，自己再去上海经商。"

林培没有来得及抵达台湾，也来不及看到林月华出生，林月华母亲在困顿与哀伤中，生下了这位遗腹女。"据说天热，我一直哭闹，养母自己没有小孩，很喜欢我，常来抱抱我、安抚我，后来趁着一个晚上连夜搬家，把我带走了。"

林月华初入社会工作，进了台北市政府担任公务员，从没有怀疑过自己的身世；倒是在结婚后，丈夫周佑硕对她的身世很好奇，独自依着林月华儿时的记忆，到出生地附近的住宅寻访，幸运地寻着当年的老里长。老里长认识林月华的生母，因着健全的户政系统，周佑硕找到了生母一家！他第一次去按铃说明来意时，母亲已经改嫁，家中另有两位弟弟；由于他们根本不知道这段陈年往事，来开门的弟弟还一度错愕。

找到生母后，大着肚子的林月华也与姐姐相认。"第一次见面，我哭好久，一直哭，一直哭……"母亲高兴异常。"从小我被带走，母亲伤心了很久，一直惦念着这个女儿，四处寻找。"不久林月华相继生下两名男孩，小孩也多了姥姥家可走动。她与母亲相聚，都是利用下班后，到母亲家里一起包水饺、做面食；母亲后来再嫁一位梁姓

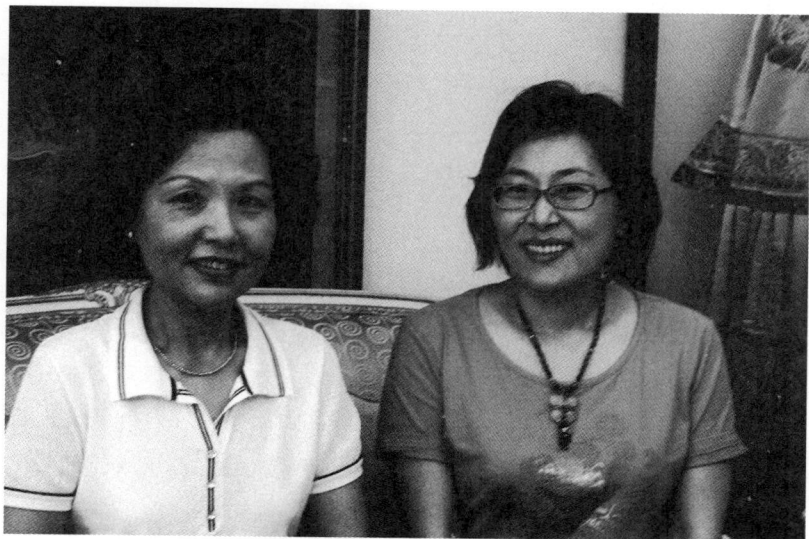

林月华（左）张和平（右）因着太平轮事件相识。

伯伯，伯伯把母亲一家照顾得极好，也很会做家乡口味，生活环境颇佳。林月华突然多了一对父母的爱，双方都很珍惜这份迟来的亲情。

在林月华重新与原生家庭相认后，母亲才逐次告诉她太平轮事件；对母亲而言，这是一段残忍的回忆：先生英年早逝，遗腹女下落不明，她带着两名幼女，替人做洋裁为生。二十多年后，当年的小女婴已为人母！重享天伦的喜悦，让母亲天天忙着做吃食，弥补空白的亲情。"我在那时候才会包饺子、做面食。"

林月华觉得这是迟来的幸福。只是当时养母尚在，养母、养父对林月华视如己出，她也体谅养母喜爱孩子的苦心，才会偷偷抱走她："她们对我是爱的表现！"孝顺的林月华，为了不让养母伤心，在养母过世前，都不知道她已与生母团聚。可惜她对父亲了解太少，母亲后来也不太愿意多说，欢乐重聚的喜悦掩盖了灾难的追悼。

周佑硕平日喜欢研读历史，特别是近代史。知道林月华的父亲死于太平轮船难，周佑硕开始找了一些书，可惜记载资料极少，转而研读国共内战的记录，"很多书是他看完，再给我看，他比我认真多了。"

为了搜集林培与太平轮的背景，这对夫妻认真找资料，却苦无机会与太平轮事件相关的人事对应；直到纪录片播出，周佑硕陪着太太一起参加记者会，也与制作小组联络，成为太平轮之友的成员。每年太平轮之友聚会与活动，他们一定准时出席。

回首她与生母相认的往事，"很戏剧化吧！"她说。可惜对生父了解太少，母亲也不愿意多谈，她只能默默放在心里。

两位遗腹女因着太平轮，一生没有见过父亲，在亲情缺席的生命里，她们并不自怨自艾。一个住在台北城东，一个住在台北城北，每年大家约着一起去基隆码头祭拜；在纪念碑前，她们红着眼，低头不语，望向灰蓝色的天空。

永远缺席的年夜饭

张昭美、张昭雄

巷口等待父亲

一九四九年小年夜，十岁的张昭雄与哥哥、姐姐、妹妹们，站在台北市日新国小、太原路巷口，兴奋地等待父亲张生回家过年。台北的空气有些冷，灰色的天空，没有阳光，没有表情；他们裹在厚衣服里，冷风吹过，每个人都冻红了脸，等着父亲从上海带些好吃、好玩的礼物。

张昭雄有一个哥哥、一个姐姐、四个妹妹和两个弟弟，那年妈妈还挺着肚子，与阿妈在厨房里忙做菜。天快黑了，去基隆港等船的亲戚回来，没有等到爸爸，说是太平轮出事了，上海船公司发电报告诉家属，让大家第二天再去港口等，之后父亲再也没有回家团聚。夏天，妈妈生下了最小的弟弟，"台湾人说是遗腹子吧"！

父亲张生生长在八里，从小聪明好学，祖父张志是日据时代的

张家唯一保有的父亲的名片，他们非常珍惜。

张生青年时期，就是来往两岸成功的台商。

保正（相当于现代的区长职位）。张昭雄记忆中的父亲，热情、大方、胆识过人，年轻时在迪化街发迹，从事中药进出口、南北货买卖。张昭雄念幼稚园时，日军、美军天天互相轰炸，居民忙着躲防空洞，生活大受影响，他们张家孩子，却还可以让奶妈用人力车推着上学。

第二次世界大战结束前，张生带着妻小，全家搬到广州；一大幢洋房里，一楼是店面办公室，二楼是给客人使用的住处、办公室，三楼以上则是自家住宅，顶楼是间大厨房。热情好客的父亲，经常接待台湾到广州的日本人及台湾人；到大陆经商，也不忘带着自家的三个弟弟及妻子的弟弟一起打拼事业。家中吃饭嘴多，"哦！我们家，每个孩子都有一个奶妈呢！"那时是父亲生意最兴旺的几年，十分风光，"全家出门要用大车才装得下，小孩一坐就是一桌"。

家是好大一层楼，妈妈还在广州生了小妹；家里平常交杂着闽南语及广东话，姐姐张昭美的广东话最流利。因为父亲生意旺达，家里永远人来人往；奶妈们把家中八个孩子，都照顾得很好，家里开饭总是好几桌，客人、伙计、奶妈、司机、用人……"二战"结束，他们一家还留在广州。张生时任旅粤台湾部副主席，协助过数千名旅粤台胞返回台湾故乡。

直到国共内战开打前，张生因为不想留在大陆卷入内战纷争，收起广东的生意，全家才南迁，搬回故乡台北。张昭美形容那趟归乡路，一路住过澳门、九龙、香港……走了好些日子，最后搭船到了高雄，再坐火车回到台北；到了台北，回到太原路老家，行李已掉了一半。张昭美念蓬莱国小，张昭雄念太平国小，同学们多讲闽南语，"突然忘了闽南语怎么说！"

张生从事的是多角贸易：从台湾到广州，从广州到上海，再从上海到台湾。太平轮出事前，他到上海结束分公司业务，准备回家过个丰盛年；原本要买机票，票没了，省钱买了太平轮的二等舱。"唉！坐飞机就好了，就没事了。"

父亲过世了很久，大家都还认为他没死："被老共捉起来，还是

张生初到广州，带了妻小
来张纪念照。

张昭美、张昭雄，随着家人
搬到广州，快乐地玩脚踏车。

被海盗带走了。"张昭雄记得小学二年级左右，父亲被广州的匪徒挟持过两个月，最后安全回家；张昭美回忆当时，在广州住家，盗匪从家中将父亲押走，还将他眼睛蒙上黑布。大家都吓死了，以为再也见不到父亲，还好最后父亲靠周旋保命回家。历经大难，他们仍相信父亲绝对可以脱离险境，"他胆识过人，一定回得来！"生长在海边、一身好泳技的父亲，"怎么会搏不过大海？"张昭雄说。

太平轮出事的那几天，只要听到派出所电话响，大家都很紧张：期待是父亲回来了，又害怕是噩耗。过年大家都是穿新衣、全家团聚，只有他们家传出阵阵哭声！船难名单确定，父亲是永远不会回来了！

海边招魂，梦见父亲

张昭美与弟妹们一起陪母亲到海边替父亲招魂，母亲肚子里还有未出生的弟弟；大家声音嘶哑，叫断了肝肠、哭干了眼泪，也唤不回父亲。"父亲说很冷、很冷！没有衣服穿。"他们替他烧了许多纸钱衣衫……找不到尸骨的父亲，最后葬在八里张家祖坟，坟里放着张生的衣物、日用品。很多年后，他们还梦见父亲。

在基隆码头竖立太平轮纪念碑时，他们也把替父亲招魂时做法事的灰烬，放在纪念碑下，张昭美记得有些家属也有类似的做法。

太平轮事件发生后，张昭美与母亲，都去过台北中联企业公司开会，她只记得大家总是争吵：丧失至亲，又在年关，很多人顿失依靠，气氛极差。那回曾领到赔偿金，但是为数不多，太平轮纪念碑完成后，太平轮事件几乎被社会遗忘！

父亲早年生意兴隆，更有许多有头有脸的合伙人；但是父亲一走，张昭美与母亲向父亲公司合伙人要求看账本及兑换手上支票，却遭受冷酷无情的对待。父亲生前的财产，她们一毛也没拿到，公司股份资产凭空消失，支票无法兑现。"人在人情在"，张昭美、张昭雄深感人情冷暖。

一家人自立自强

没有父亲的张家，顿失依靠；父亲过世后六七个月，最小的弟弟出生了，母亲带着九个小孩生活，曾经是有奶妈用人照顾的少爷、千金们，现在全部得学习自力更生。母亲在家里替人车缝衣服，按件计酬；小孩子则得出门卖支仔冰、钉盒子、做些小手工帮忙家计，他们还在自家摆过尪仔书（租书店），家里小孩们一起轮流看店，替母亲分担家计。

张昭美是姐姐，"太平轮事件处理过后，我突然醒过来。才十几岁呀！我是姐姐。"她顿时觉得有责任帮助母亲把年幼的弟弟、妹妹带大。她请人做了两个支仔冰筒，让弟弟、妹妹轮流沿街叫卖，贴补

父亲因太平轮罹难后，全家难得来张大合照，左前方小男孩即是太平轮事件后的遗腹子。

张昭雄与母亲。

家用；她则是放学回来后，立刻帮母亲整理线头，把母亲做好的衣衫叠整齐，等店家来收，全家都投入改善家计中。

张昭美北二女毕业，没有继续升学，就投身从事农林厅、省政府的公职之路，以减轻家人负担，"把机会让给弟妹"。后来还协助丈夫创业，一生走来都是感恩。张昭雄选择念夜间部，在世新念书时，已经在《联合报》半工半读，一九六九年正式进入报社当记者。喜欢运动的张昭雄，适逢红叶队打败日本，掀起台湾对棒球运动的重视，从此他"报道棒球四十年如一日"[1]，长期关注棒球比赛，也开启了许多人对棒球的热爱。担任过多家报社记者、副总编辑，也是资深的电视电台球评专家，被誉为"第一代职棒球评"，一生都在做自己喜欢

[1] 张昭雄的棒球博客:http://blog.nownews.com/chang03211。

的工作，也在棒球报道工作里拥有一片天地。

张家所有的兄弟姐妹在成长过程里，都没有让母亲操过心。张昭美说，经过苦难，感到孤独的冷索，母亲仍会在夜里哭泣，"我们一家人，小孩多，像一大串粽子，提起来一大把，我们那么多孩子，也不知系好斗阵，还系歹斗阵[1]，谁敢来提亲！母亲三十六岁守寡，一个人撑过来，真不简单呀！"

张昭美的母亲还替她带大过子女，她的长女詹智慧，童年与外婆住在一起，也常听得外婆提起外公的伟大——"他们都很了不起！"

不过较遗憾的是，太平轮出事后才出生的小弟，在多年前从泰国回台湾的飞机上意外过世，留下三个幼小的孩子。他们不敢让母亲知道幺儿张文荣已死，只告诉母亲，小弟在泰国经商很忙，没有空回台湾。直到母亲过世前，都维持了这个善意的谎言。

母亲在九十三岁过世，共有一百零六位孝子孝孙。每名子女都感念母亲，在太平轮事件后，在痛苦中把所有孩子带大、受教育。"她走的时候是在七夕，走得很安详，我们相信是父亲在天上等她。"张昭美与张昭雄相信，来不及返家吃年夜饭的父亲，终于可以与母亲在天堂相遇。

[1] 闽南语，意为"好相处，还是不好相处"。

悲恸中再起

常子春

永宝斋老字号

一九四九年太平轮悲剧，夺走常子春七名子女与妻子、胞弟、徒弟等共十一个家人，以及他全部家产。

五十四岁，常子春一无所有。

靠着信仰及坚强的力量，常子春并未被击垮，他离开台湾这块伤心地，到了香港，再创生命的春天。

出生于一八九七年的常子春，曾担任过第一届国大代表，一生经历颇具传奇性。

在"寻找太平轮"新闻见报后，贾福康热心提供了常子春的故事及资料，并提供了常子春再婚的妻儿在美国的联络方式。二〇〇五年春天，本约好到洛杉矶访谈，可惜出发前一天，他的妻子杨焕文取消了访问，理由是子女不愿再谈，而成为未竟的空白之一。

常子春生长在北京，祖先是"开平王"常遇春。历史记载，开平王协助明太祖朱元璋建国有功，家里是虔诚回教家庭。常子春九岁跟随家中长辈到北京近郊宛平县清真寺修读阿拉伯文，十三岁拜师学习玉雕、琢玉。

传统中，回教徒个个是经商能手，早在七世纪，就有许多波斯商旅往来沿海，从事珠宝、翠玉等买卖；宋代起，回民就从事珠宝业，明朝还有"回回识宝"的美誉；到了清朝，回民除了在珠宝行业外，还扩大版图到古玩、字画、古董[1]。常子春从小喜欢玩玉及绘画，第一次世界大战后，常子春在北京宣武门外开了"永宝斋"，不久又开了第二家分店。永宝斋是北京城最大、营业额最高的玉器工厂，在当年已是颇具现代化规模的商行。常子春在玉器厂里用的员工都是回民，每个礼拜五，工厂还休假半天，有专人来讲解《可兰经》、圣训及一般汉文私塾课。

---

[1] 见《回族民俗学概论》，作者王正伟，新华出版社。

永宝斋的玉器精良，加上回人擅长辨别珠宝、古董、玉器的真假，没多久，势力就发展到了上海、南京，也涉足了珠宝店与餐厅。年纪轻轻的常子春在珠宝玉器业纵横南北，打响了名号，平日则热心推展回教教育：在北京设立回教女子中学、创办回教医院、整顿回教中学、建立回教工艺工厂、投身各种回教福利事业，照顾回民。上海《大公报》在细述船难旅客身份时，还称常子春为"翡翠巨子"[1]。

翡翠巨子，开拓回教教务

一九四七年，中国回教协会决定到台湾开拓回教教务，常子春奉命到台湾筹备事宜，并在台北市重庆南路开设永宝斋台湾分号。为了照顾越来越多的回教教友，常子春与一些教友就在丽水街日本宿舍旧址，创立了台湾第一座清真寺。

常子春在台湾几年，事业有成，决定将北京老铺南迁到台湾。一九四九年农历年前，他请三弟带着妻子王世廉、七名子女、几名信任的工作伙伴，及永宝斋上好的古董、玉器，到台湾开疆辟土。

晴天霹雳

常子春一早就到基隆码头等船，当晚还有一些朋友约好一起用餐，欢迎他们全家团聚。当大家兴奋地准备迎接新生活时，却听到噩耗！全部家人、财产皆沉入大海，还有随行好友赵襄基（台湾驻利比亚代表赵锡麟之父）也在灾难中丧生……他真是难以置信！

太平轮船难发生后，二十九日上午，常子春立刻搭飞机到上海，并打电话给上海的朋友说："太平轮出事旅客，已有百余人生还，在

---

[1] 上海《大公报》1949.2.1。

舟山群岛附近获救，船公司三十日会派船前往接回。"[1]

依据当时剪报分析，事发后，受难者家属组成自救会，兵分两路：一路在台湾善后，另一路到上海的太平轮船东中联企业公司要求派船搜救，守候现场。在传言流窜的年代，家属们都相信，舟山群岛还有一百到二百名的生还者[2]；常子春就是第一批回到上海、希望了解真相的家属代表，之后他们还到舟山群岛附近寻访生还者踪影，可惜希望全部落空。

上海地方法院一九四九年四月六日的开庭资料中显示，事发后，常子春一直守在上海，并与受难者家属齐杰臣、杨洪钊等，代表太平轮受难者家属提出告诉。

尽管常子春身心俱疲，还是打起精神，代表受难者家属与中联公司交涉。当大多数人仍沉溺在悲痛与绝望中时，常子春默念《可兰经》，求真主赐予力量，也相信这是真主的考验，他决定重新创业，早日再建家园。

> 四月六日，上海地方法院开庭。
> 四月九日，共军大举渡过长江，攻占南京及中央。
> 五月二十七日，攻占上海，解放军进城。
> 五月二十日，台湾省主席宣布台湾全省实施戒严。

常子春回到台湾后，重新开始玉器生意。一九四九年六月十五日，台湾省政府宣布旧台币四万元换新台币一元；尹仲容成立了生产事业管理委员会，大力推动电工、机械、水泥、农业技术合作等战略生产。在尹仲容政策下，暂时不可设立玉石加工厂，常子春决定离开伤心地，远赴香港寻求机会，设立香港"聚宝斋"加工厂，并在朋友

---

[1]《台湾新生报》1949.1.30。
[2]《大公报》登载，舟山群岛疑有二百多名生还者。1949.2.2。

介绍之下与杨焕文结婚，陆续再生了四名子女，目前都定居美国。

十年后，"聚宝斋"玉器受邀远赴美国各地参展，再一次开创了常子春的事业高峰；他七十一岁定居美国，在洛杉矶又开设了玉器加工厂。

据贾福康形容，常子春平日节俭自奉，早先在台湾定居时，都是自己打理饮食，身体修长，留着一绺长长的山羊胡子，是"一位标准的老回回"，大家尊称他为"常二爷"。一九八三年，常子春在美国洛杉矶过世，之前他还常回台湾参加回教活动，捐款兴办回教文化事业。

资料来源：《台湾回教史》，作者贾福康，伊斯兰文化服务处出版。

我觉得父亲从来没有离去

吴漪曼

丰美花园，提早凋零

"我觉得父亲从来没有离去。"六十年前一场船难，让吴漪曼与母亲生活遽变，就像一片盛开丰美的花园，突然扫过狂风……沉落大海深处的是挚爱父亲，三个人的甜美世界提早凋零。

一九四八年国共内战，时局紧张；十月，天气很冷，吴漪曼的堂兄、堂嫂邀她们到台湾玩，吴漪曼与母亲就在上海买了太平轮船票，父亲送她们上船后，便回到音乐学院替学生上课。

吴漪曼与母亲才到温暖的台湾落定，淮海战役、平津战役相继开打，时局急转直下，父亲担心战乱影响音乐学院师生安全，极力向当时"教育部长"朱家骅建议，将音乐学院迁到台湾。一九四九年一月二十六日，吴伯超预备到台湾准备迁校工作，但是那时已买不到船票，上海的亲戚告诉吴伯超："太平轮就要开了，赶快去码头等吧！"他们赶到码头，岸边挤满了人；纷乱嘈杂中，大家高举双手，挣扎着希望登上太平轮。

前回吴伯超因为送女儿上太平轮而结识的船上三副，看见音乐学院院长来了，就把自己的床位礼让给吴伯超。行前吴伯超给台湾的女儿发了电报说："要到台湾来了，与你们一起过年。"

"我只记得当时我们好高兴、好高兴，好期待父亲要回家吃团圆饭。"

一月二十八日清晨，她与堂兄一早就到基隆等船，岸边等船的人并不多，"原来他们都知道这艘船出事了"。他们也赶到台北中联企业公司了解状况，船公司早已挤了一群心急的家属，这才晓得太平轮与建元轮互撞，在舟山群岛沉没。

出事后，吴漪曼从来没有见过生还者，也没有船难确切的消息，只知道两艘船在半夜对撞，大部分人都在船舱里睡觉，听到巨大声响，有些人出来看，有些人觉得没事，没多久甲板进水、船裂开、迅速下沉，大约有三十多人生还，快天亮才让一艘外国船救起。"所有

吴漪曼与父母亲在南京留影。

消息都是听说，当时局势太混乱、太混乱！"

在无尽的伤心、无数的等待与煎熬中，吴漪曼与母亲的人生历经最重大的打击，母亲从此皈依佛门，吃素念经终生。

战火中燃烧自己的音乐家

吴伯超在一九〇三年八月二十三日出生于江苏，曾经学习中乐，后来进入北京大学附设音乐传习所，一九三一年获奖学金到比利时深造。回到中国后，担任上海国立音乐学院教职。中日战争爆发后，他到桂林投身"抗日救亡歌咏队"的活动与培养师资的工作。一九四〇年至四川大后方，先后担任国立音乐实验管弦乐团指挥、白沙国立女子师范学院音乐系主任等职，并兼任中央训练团音乐干部班训练班主任。一九四三年担任国立音乐院院长，专门培养音乐人才。

吴伯超伟大的教育情操、音乐造诣，影响了吴漪曼一生。

　　他在一九四五年创办音乐院幼年班。在烽火离别的岁月里，要办学是很辛苦的，但吴伯超认为，音乐教育应该从小培养，所以收容了流离失所、父母亲托孤的战火儿童；这群孩子从小没有接触过音乐，也没有见过乐器，在战火绵延的后方，吴伯超依个人体型、特质，让这群儿童暂时远离炮火烽烟、接触音乐训练。在学校里除了音乐教育，吴伯超与其他老师还同时给予孩子们所欠缺的家庭温暖。吴漪曼说："父亲真是伟大，在没有经费、没有乐器、没有书籍、师资缺乏的年代里，带他们进入音乐的摇篮。"

　　这群孤儿长大后，成为中央音乐学院第一批音乐教育工作者，钢琴家、小提琴家……不同专长的音乐家，个个是杰出音乐人才。前些年中央电视台制作了《传奇的音乐摇篮》，吴伯超早年的学生、在抗战时教导的儿童们，在镜头前一一感念能在战火中学习音乐，以及吴伯超对他们亦父亦师的照顾，让他们没有流落街头。在纪录片里，还珍贵地保留了吴伯超在抗战期间指挥大合唱《中国人》的气势万钧。

　　在近代音乐史中，吴伯超是集合了作曲、演奏、教学与音乐行政的奇才。他早年为幼儿音乐教育奠定基础，也首创国乐与西乐结合，推动西乐交响乐团生根。

　　吴漪曼说："父亲过世后，我常亲近父亲的朋友，感应时代精神与气息。"一九四九年太平轮船难，吴伯超始终没有到达台湾，女儿吴漪曼承继了他的精神，让台湾音乐教育发光发热。

　　太平轮事件次年，吴漪曼获得美国天主教大学全额奖学金，一路到了美国、西班牙和比利时进修共十年，她说："我进修出国那十年，母亲最辛苦寂寞了！"

承袭父亲爱的教育

　　她说，父亲过世后，她在音乐路上一路走来，感受满满的关怀；文建会就曾以"教育爱的实践家"为题[1]，为她出版传记。在太平轮事件发生后不久，她以同等学力考入师范大学音乐系，老师张彩湘一见到她，就用非常仁慈而凝重的眼睛看着她说："我知道你，我知道了一切。"那堂课，吴漪曼练习了贝多芬悲怆奏鸣曲第一乐章与巴赫

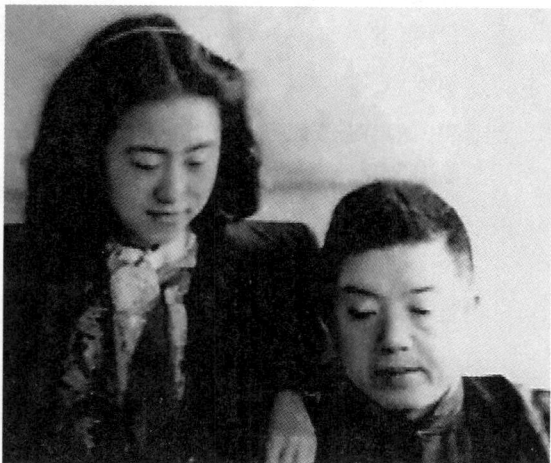

吴漪曼最喜欢这张——
与父亲吴伯超父女情深
的照片。

---

[1]　文建会策划，作者陈晓雯，时报文化出版。

两岸都对吴伯超极为尊敬，
台湾、大陆都有多本介绍吴
伯超的作品。

的曲子。[1]

吴漪曼在教学生涯中，也一样承接了吴伯超的精神，她曾经写过一段话："一直到今天，家父那种不惧怕战乱的危险，在最艰难困苦中的办学精神，他不眠不休关切、爱护、照顾学生们，他和当时任教的老师们，为音乐教育、年轻学生的付出，是我的典范。"[2]

向来受父亲言教、身教影响的吴漪曼，也与父亲一样，一生与音乐结缘，在台湾从事音乐教育工作，对所有学生热忱相待。她的学生中有刘富美、蔡修道、潘庆仙、叶绿娜等，曾任文建会主委的陈郁秀、指挥家陈秋盛……都是常与她往来的好友。所有她曾教过的学生，都以师承吴漪曼为荣。吴漪曼没有子女，她把学生都当成自己的

[1] 张彩湘为台湾第一位钢琴家张福兴之子，苗栗头份人，师范大学钢琴教授。太平轮事件后，吴漪曼曾描述过与恩师初见以及一生来往的师生情谊，张是她极为敬仰的老师，曾为文《怀念敬爱的彩湘师》。

[2] 吴漪曼在吴伯超百年诞辰活动后，手写短文，谈及父亲对她一生影响。（节录）

孩子，学生们也都记得吴老师轻声拂过的课堂时光。

不曾停止演奏的琴声与怀念

二〇〇四年，大陆有二十三所学校的音乐科系，共同举办了"纪念吴伯超百年诞辰学术活动"，音乐会和学术讨论之外，也出版了《吴伯超的音乐生涯》一书。

二〇〇五年，在吴伯超故乡洛阳中学设立了吴伯超音乐班，为他设立铜像。

二〇〇六年，中央音乐学院附属中等音乐学校建校五十年、幼儿班成立六十二周年，同时都举办了纪念吴伯超的活动，也在北京中央音乐学院附属中等学校的校园里，设立了音乐教育家吴伯超的铜像。吴漪曼说："六十年了，大家都没忘掉他。"

问她会有怨恨吗，她轻轻地说："事情过去了。谁都不愿意发生

吴漪曼用自己的方式，与生命中的亲人对话。每天她都会静静地回味他们的音乐，如同他们就在身旁，不曾离去。

吴漪曼天天怀念的故人。

这种事吧！”

这几年太平轮之友聚会中，只要时间允许，她也都会参加，不过她最大心愿是重建基隆太平轮纪念碑。一甲子过去，她认为应该有更尊重的做法！今年太平轮事件六十周年，她无法赶到基隆，还惦念着这件大事。

看到新闻，有人要把太平轮拍成爱情故事，她更是着急："太平轮是生离死别，是时代的悲剧，怎么是只有爱情呢？真实的故事，超越了爱情太多！"

吴漪曼一直用她的方式，与生命中的挚爱对话。每天清晨，阳光从窗外洒进客厅，她第一件事就是先为父亲、母亲上香，再为桌上一排已经辞世的亲人与一生相知相惜的伴侣——音乐家萧滋，上一炷清香。客厅里两架钢琴，安静地排列着父亲吴伯超的著作、曲谱和爱侣萧滋的曲谱，她轻轻地说："这么多年，就像他们还在我身边，不曾离去。"

和平东路公寓里有猫，有花，还有她长长的相思，如同钢琴的叙事诗。

二○○九年一月二十七日，农历大年初二，她在圣家堂，为父亲及当年来不及到台湾的受难者做了一场弥撒。她用她的方式纪念这场悲剧。

那天台北湿冷，下着雨，仿佛在为六十年前的往事落泪。

父来公园

李昌钰

成功商人一大家

六十年前的一月二十七日，不到十岁的李昌钰，兴高采烈地与兄姐在桃园家中等待，父亲这天要从上海回家过年了！他们在院子里，用石头排出了"父来公园"，期待父亲一进家门就能感受到儿女们的深情。

不过父亲李浩民却没有机会见到这座父来公园……

李浩民是江苏如皋县人，家中世代经商，是名成功的商人，据说家乡如皋县有一半的土地是他们李家的产业。发迹后，他转战上海，从事石油及日常生活品的买卖；李昌钰一岁多时，也随着家人迁到繁华的上海，度过童年。他上有十一个兄姐，都是母亲李王岸佛一手带大。

在上海，父亲工作繁忙，母亲请了用人帮忙打理家事及照顾孩子。家中食客众多，只要是父亲的同乡来到上海，父母亲都会照顾吃住，李昌钰曾在自传中形容家中食客有百人进出。

一九四七年，父亲看着局势越来越恶劣，让母亲带着孩子先到台湾安顿。当时年纪较长的兄长，也在台湾找到工作，二哥开农场，三哥学校毕业后找了一个工程师的工作，父亲则定期从上海到台湾看望家人。在李昌钰记忆中，父亲平日很忙，但是对子女的功课督促严格，回家都要抽查作业，或是亲自教他们认字。李昌钰说，他都会在父亲回家前把作业写完，或是把课文背完。

母亲一个人在台湾照顾所有的子女；有些同乡到台湾，人生地疏，仍如在上海习惯，投靠李家，母亲还要张罗吃食，照应同乡生活。六十年前的灾难，让大家措手不及，母亲还雇了一架飞机到失事现场寻找。父亲意外丧生，家中食客也纷纷走避，只剩下年过五十、从来没有上班工作过的母亲，照料一大家子的孩子。

原本富裕的生活突然从云端掉落，家中只有四名兄姐外出工作养家，母亲平日为了张罗儿女的学费、生活费，极为伤神，常常天没亮就得为生活奔波。没有受过太多教育的母亲，非常重视子女的教育，她知道父亲李浩民也极重视此事，于是即便环境再辛苦、再艰困，她也要让所有的孩子接受高等教育。李昌钰记忆中，为了省钱，全家兄弟姐妹都是在一张圆桌子上写功课、用餐，时间一到，大家一起关灯，决不浪费电。衣物一定是缝缝补补，大的穿完、小的接手，物尽其用。

童年在大陆生活优渥、物资丰裕，但父亲死后，李昌钰很久都没有新鞋穿。然而他一天天长大，母亲还是想尽办法，给了他一双新鞋。为了保护这双新鞋，李昌钰上学时，几乎一路提着鞋子走路，到了校门口，才把鞋穿在脚上走进校门。后来这双鞋，成了李昌钰成长岁月里非常重要的回忆。

求学困顿，个个争气

求学的困顿，一路伴随李家孩子成长，所幸他们兄弟姐妹都很争气，相继受完高等教育，几位姐姐也成家立业或到美国深造。母亲后来随着三姐李小枫到美国定居，把李昌钰交给已经结婚的大姐，希望他好好念大学。

中学时，李昌钰跟着姐姐、姐夫生活，考大学时原本考上海洋大学，但他发现中央警官学校招生，学费全免，工作生活都有保障，于是决定报考，后成为中央警官学校第一批对外招生的二十四名学员之一。

一九六五年，三姐李小枫鼓励他到美国开拓视野。他与妻子带了一点点钱，开始在美国生活，租了房子以后，身上只有五十美元。他半工半读，从大学开始进修，花了十年工夫，一路念完硕士、博士。

一九七五年李昌钰获得博士学位，随后受聘为康涅狄格州纽黑文大学刑事科学助理教授，三年内从助理教授升至副教授，进而成为终身教授并出任刑事科学系主任。

一九七九年，他出任康涅狄格州警政厅刑事化验室主任兼首席鉴识专家。一九九八年七月，出任康涅狄格州警政厅厅长，成为美国警界职位最高的亚裔人士。二〇〇〇年，他从厅长职位退休，继续主持

李昌钰常说，如果没有太平轮事件，他也许就与父亲一样，选择当名商人吧！

康州的刑侦工作。二〇〇一年，受聘为纽约州警政厅总顾问。

世界知名Dr. Henry Lee

　　从小丧父、苦读出身的李昌钰，大陆出生，台湾长大，在美国发光发热。他创下了许多第一：美国首位州级华裔警政长官、美国历史上官职最高的亚裔执法官员、参与调查各类案件高达八千多件、获得全世界八百多个荣誉奖项、二十多个荣誉博士，也被美国和世界各地六十多所法学院和医学院聘为顾问或客座教授。出版了四十多部著作。

　　他侦办过的许多刑事案，都成为国际法庭、科学界与警界的教学案例。他还亲自上场主演电视剧《蛛丝马迹》、《李博士奇案录》等拥有超过八千万观众收视群的系列电视节目。参与过辛普森杀妻、肯尼迪暗杀案重审、克林顿事件、"九一一"事件及台湾"三一九"事件的鉴定。

　　这几年他常回台湾讲学或参与悬案重审，也成立了一个基金会，为培养刑事鉴识专家而努力。二〇〇四年，母亲李王岸佛以一百〇六岁高龄过世，同年，他获得美西华人学会第二十五届年会"特别成就

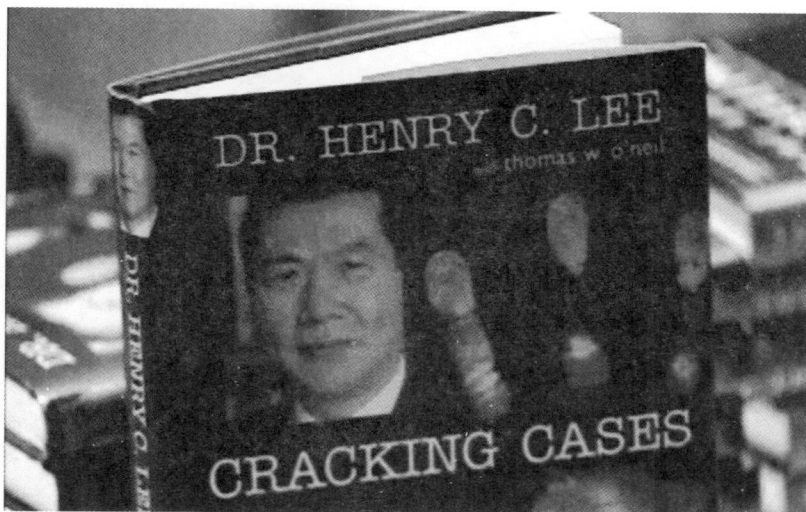

李昌钰是世界著名的刑事鉴识专家。（翻摄自《寻找太平轮》纪录片）

奖"。隔年，李昌钰家乡为其母李王岸佛塑了雕像，他与三姐李小枫一家还专程前往。江苏如皋县还为李昌钰成立了"李昌钰刑侦技术博物馆"。

这位从小没鞋穿、有了新鞋舍不得穿、提了鞋光脚上学的孩子，如今是世界知名刑事鉴识专家 Dr. Henry Lee。在谈起太平轮时，他常感慨地说："如果不是太平轮事件，父亲过世，我后来就不会去念警校，也不会走上刑事鉴识这条路，也许就与父亲一样选择当一名商人吧！"

六十年前用石头排了"父来公园"等待父亲的小男孩，因为太平轮事件而改变了一生。

资料来源：《神探李昌钰破案实录》，作者邓洪，时报文化出版。

悲悯精英陨落

邓平、邓溪

两地相隔，来不及见到弟弟出生

"我们十二月四日坐太平轮来台湾等爸爸，可是再也没见过爸爸了。"身为老大的邓平，一夜之间成了大人！父亲是当年《时与潮》杂志总编辑邓莲溪，与时任辽宁省主席的徐箴一家，坐上了太平轮。

邓平记忆中，他们一家是在一九四八年十二月四日坐上太平轮，来到台湾的基隆港。那天社长齐世英[1]的大儿子结婚，中午请婚宴，下午他与母亲、妹妹，带了两箱洗衣皂、两袋面粉及一些简单的随身衣物，枕头、铺盖一卷就上了船。他与同乡李先生一起，坐甲板下的二等船舱，母亲大着肚子快生产了，带着妹妹们坐在甲板上的头等舱。

"我住在甲板下的船舱，卫生条件极差，躺下来，头上是家里的柳条包吊挂在上铺，十二月风大浪大，根本不敢睁开眼睛，一睁开眼睛，天上都在晃，翻过身就想吐。"他记得在船上根本没吃东西，偶尔上甲板看母亲，虽然是头等舱，卫生环境还是不好，空气里尽是腐朽酸臭的味道，没有清扫，没有维修。"母亲抱着肚子，熬过三天两夜。"

一下船，邓平看见岸上卖的红皮甘蔗，觉得很新鲜，因为大陆都是白皮甘蔗，没见过红皮甘蔗；还有大又肥的香蕉。下了船，他很高兴，觉得似曾相识，空气湿度像极了小时住过的重庆；十二月的台湾，已是冬天，但是南方的温度比上海温暖许多。"我们一件一件脱，大家手里捧着毛衣、大衣一面下船，很有趣。"

邓平一家被安排在一些公家宿舍如桂林庄、青云庄，后来则住

---

[1] 齐世英是齐邦媛教授的父亲，是民国初年留学日本、德国的热血青年，通晓三国语言，参与过抗日战争，当年在东北从事抗日地下工作，对于建设东北却壮志未酬。来台担任"立委"，后来被国民党开除党籍，晚年与雷震等人共同筹组"中国民主党"，在台湾民主化历程中留下难以磨灭的地位。

邓莲溪服务《时与潮》杂志时，赴美工作的证件照，邓家子女细心保存。

在延平北路的金山大旅舍。"说是金山大旅舍，其实是小旅馆，有个栖身处吧！"初到台湾，一切对邓平全家而言都很新奇，满街的木屐声喀喀响……不久，吃了冬至汤圆后，一九四九年一月二日，弟弟出生了。

壮志未酬

原籍东北的邓莲溪，是位优秀的新闻工作者，外文系毕业，在第二次世界大战期间，被齐世英聘请为《时与潮》杂志驻美国特派员；后来担任《时与潮》总编辑，与齐邦媛的父亲齐世英等人是好友。据齐世英[1]回忆，他与一些东北青年有鉴于当时中国太缺乏国外的书刊杂志，想把一些外国人的文章加以翻译，介绍给国人，于是办了这份杂志，这也是早年从抗战时期到迁台时，均在发行的杂志。《时与潮》杂志取名的含义，据说是希望这本刊物能够带动时代与潮流思路，在

---

[1] 见《齐世英访问录》，沈云龙、林泉、林忠胜访问，林忠胜记录，"中央研究院"近代史研所出版。

邓家全家在台湾的全家福。小男生是邓溪（左前一），从来没有见过父亲。

当时社会起了相当大的鼓舞作用。

齐邦媛教授回忆录《巨流河》[1]提及，《时与潮》杂志是几位东北青年在一九三八年筹钱办的一本专门介绍国际现况的刊物，由齐邦媛教授父亲齐世英担任社长，期待让战火下的中国人能与外面世界接轨。

一九三九年对日抗战时，杂志撤到重庆持续出刊，邓莲溪就是在重庆时加入杂志工作。外文系毕业的他，被派到美国担任特派员，工作是将最新的《纽约时报》、书刊、论述等做好剪报与整理，寄往印度，再翻山越岭到达重庆的杂志社总部。

对日抗战期间，邓莲溪全家在重庆沙坪坝，他用微薄的薪水养家。邓平记得童年住在重庆，生活物资缺乏，米袋里全是腐烂的米，洗米常常是洗碎了才下得了锅。"应该是长了黄曲霉素的米粮，为了

---

[1] 《巨流河》系齐邦媛教授花费四年时间写作、反映中国近代苦难的家族史。

生活还是得吃。"

抗战胜利，举家随杂志社搬到了上海，生活大有改善。父亲对家庭教育很严格，亲授英文，盯发音，重视学业进度，邓平一点都不敢懈怠。

《巨流河》中提及，邓莲溪是准备到台湾协助迁刊事宜而坐上了太平轮。当时齐邦媛与先生罗裕章，也在基隆港等船：

> 我们一大早坐火车去等，到九点却不见太平轮进港，去航运社问，他们吞吞吐吐地说，昨晚两船相撞，电讯全断，恐怕已经沉没。太平轮海难，前因后果至今六十年仍一再被提出检讨，我俩当时站在基隆码头，惊骇悲痛之情记忆犹如昨日。

一月二十七日，全家都很期待父亲要来台湾团聚。从大陆同行的李先生到基隆等船，从早上等到中午，船一直没进港，"船出事了！"回到家，别人家欢欢喜喜过年，他们一家全没有心情说话："大家无话可讲，大家心里都不舒服，嘴里也不能说什么。"原本期待的欢乐，化为一生的哀恸。

二月七日的上海《大公报》，有位许君远写了一篇悼念文章——《悼邓莲溪兄》，文章中描述了邓家妻子家小先到台湾，及他过去在重庆与美国等地与邓莲溪相知相交的点滴。许君远在失事名单中看见邓莲溪的名字，半信半疑。他形容知道邓莲溪遇难后的反应："一个善良的灵魂消逝了，我感到无限的悲怆。"

灾难发生，全家待在台北的小旅舍里，等待处理后续事宜。"母亲很坚强！"在邓平回忆中，母亲才生下弟弟，妹妹们都很小，还要应付船难后续，原来等待父亲来台湾团聚的喜悦，化为要面对巨大的变故。

"我们都活过来了！"回首六十年，邓平这样说。

太平轮事件后,《大公报》还刊载了悼念邓莲溪的文章。

节省度日,变卖细软

春暖花开的三月,全家带了随身行李及衣物,离开了暂时栖身的小旅馆,迁居台中;因为台中有些东北同乡,生活费也比较低,男主人缺席的家里,他们得节省度日。在邓平的叙述中,他有很多年是学着当家:在台中市柳川东西路附近摆摊,"能卖的全都卖了,衣服、大衣、毛衣,母亲的一些老本。或者是以物易物。从初二到高中,用少许的钱维持全家生计"。还在念中学的邓平,成了一家之主。

"那时不准卖大头,不能私下卖黄金,我都做了。"母亲带着刚出生的弟弟与年幼的妹妹们,无法外出工作。他与母亲一起为无缘见到父亲的弟弟取名"邓溪"。原来邓家的孩子,名字都与出生地有关:

邓平出生在北平，两位妹妹出生在嘉陵江畔，名字都有"嘉"，小弟弟出生在台湾，但为了不忘自己是辽宁本溪人，所以取名溪，"我与母亲一起想的"。

在台中过了几年，母亲在彰化纺纱厂找到工作，全家又迁至彰化。对太平轮的记忆，仅止于曾到台中一位夏律师办公室了解官司状况，以及到台北市《时与潮》杂志办公室找生还者乔钟洲[1]。乔钟洲是齐邦媛教授的表兄，当年与东北一些同乡同搭太平轮，是三十六位生还者之一。据齐邦媛教授陈述，这位表兄死里逃生回到台湾，也在《时与潮》杂志工作。乔钟洲年少时留日，在台湾并没有待太长时间，即转往日本发展。他在太平轮船难中死里逃生，但是长时间泡在大海的双脚，却让他日后饱受关节风湿之苦。

小小年纪的邓平，与母亲一起去了解太平轮失事状况，并向生还者打听父亲的下落。"我们多希望他没有在船上！""会不会没有上去？"乔钟洲则确定邓莲溪在船上。

"我们存疑了很久，父亲有没有上船？"

"到哪里去了呢？"

之后多年，邓平记得太平轮赔偿事宜，都是父亲老友们代为处理，第一笔赔偿金大约是二十万旧台币，之后陆陆续续收到一些以美金支付的赔偿金。但因为当时币值太乱，过于复杂的换算模式，邓平已经不记得确切数字，"只记得天文数字的法币了"。

事后邓平听到许多传言，说父亲在船舱里来不及脱身，大水一淹，很快舱门立即关上，来不及逃生吧！"唉！"他轻叹一口气。由于父亲朋友多，邓平记得每回有父亲老友相聚，这些父执辈朋友都会说："××的儿子呵！""好！""很好！"之后即鸦雀无声，大家都不愿意再提起往事了。

---

[1] 乔钟洲，太平轮生还者，曾接受媒体访问，为太平轮沉船事件作证。

邓平回首过去，淡淡地说：
"大家都活过来了！"

往前走是路，向上看是天

年纪稍长，邓平自愿从军，响应一江山之役中太平舰被击沉后的"建舰复仇"运动[1]。离开家庭，经过五年军旅生涯后，一九五九年一场家庭变故，让他再度面临人生中的剧变：那年他在外岛出差时，一场意外夺走小妹生命，母亲的胸椎受伤，有颗子弹还从小弟身边滑过。意外发生，邓平立即申请退役，回家专心照顾受伤的母亲、妹妹及弟弟。回到彰化住家，母亲已经无法工作，邓平担起一家之主的责任，白天照顾母亲，晚上在工厂轮值夜班。

不久，台湾九年制义务教育启动，急需招募大量师资。彰化教育

---

[1] 一九五四年冬季，中华人民共和国空军创立，拥有若干俄制喷射式战机，对华中、宁波以南之近海领空逐渐加以控制，且对一江山、大陈诸列岛展开攻击，击沉了海军重要军舰——太平舰。一九五五年初，台湾全省各地青年学子及社会人士，纷纷发起重建新舰、报仇雪耻的运动，掀起一阵请缨从军热。

学院对外招考师资插班生，邓平赶上第一批招生。进修时原本规定得住校，却因为他得照顾母亲，学校让他通车上课。毕业后，邓平留在学校担任行政工作，直到退休。"我是很幸运吧！"

　　他的大弟弟邓豫后来也从军，而最小的弟弟邓溪则是创业成功的贸易商，游走世界各地。因为邓溪记忆中从来没有父亲，是母亲在他成长过程中给予所有孩子们加倍的爱与关怀，所以从小他认清自己是没有父亲的孩子，知道自己没有哀伤的权利，在没有外援的生存环境中，看尽人情冷暖。他不断激愤自己，要发愤图强！一路创业艰辛，他却觉得，往前走是路，向上看是天。

　　六十年过去，生命里没有父亲的影子，邓平、邓溪觉得，父亲在天堂见到了他们的努力。

东势百年熏樟业传人

吴能达、吴素萍

向祖父致敬

二〇〇九年在宝岛熏樟的网站，吴素萍写了几段话：

> 我阿公吴禄生，在我眼里他是一个成功的贸易商人。虽然我没亲眼见过他，但是个令我学习的对象……但因为太平轮沉船……他只活了四十六岁……
>
> 每当我去祭拜他，人家带的是鲜花素果，我带的是我自己研发的熏油手工皂，及客委会辅导的樟脑油跟桧木油及熏油，无非是要告诉他……
>
> 看我把樟脑产业变得不再是惨业！让他看到我的努力！

吴素萍承继了客家女子的坚毅勇敢，多年前回到东势客家庄，与父亲、母亲及兄姐将一个没落的产业重新包装再造，再创百年老产业。这一切也是为了向她的祖父吴禄生—— 一位成功的贸易商致敬。

"他一提往事就难过！"吴素萍看着偷偷拭泪的父亲。如果不是这些年传播媒体讨论太平轮事件，父亲不会提往事，也不会告诉他们祖父的传奇。

吴家从广东移民到台湾中部客家村，据族谱记载，在台湾大约四五代。迁台祖世代以中医传家，到了台湾，他们多在中部山区的客家村居住，从东势到南投、国姓等地落脚，一如所有客家移民的足迹，沿着台湾坡地开山垦林。吴能达八岁时，适逢第二次世界大战开打，物资非常缺乏，配给物品困难，父亲吴禄生宽厚待人，总是把米、油、盐等食物，留给脑丁们，家人则吃地瓜签、香蕉签和木瓜签等流质食物。

在"二战"期间，吴禄生开始在中部八仙山焗脑[1]及焗桧木油，据说当年的桧木油可以充当飞机的燃料油，而中部山区有满山的樟

---

[1] 焗脑，客语中指提炼樟脑油。

东势客家村吴禄生，年轻时候胆识过人，第二次世界大战期间开始来往两岸，从事多边贸易。

树，是日本人最爱的林相产业。吴能达从小就跟着父亲在山林生活，学习焗脑及焗桧木油的技术。

吴禄生在日据时期除了焗脑外，也从事木材与香蕉双边贸易。当时将香蕉制成香蕉干及香蕉油（据说是当时妇女坐月子最佳补品）外销，也曾将台湾兰花外销至日本，足迹遍及太平洋跟台湾海峡两岸。

光复后，吴禄生不定期雇用船只，将台湾香蕉载往上海销售，再到福州购买杉木运回台湾（早期电线杆以杉木为主），或是将一些民生物资运回台湾销售。

头脑聪颖，胆识过人

吴能达说，在还没有"香蕉大王"外销香蕉到日本之前，他的父亲就已把中部山区的香蕉运销大陆及日本。他还记得吴禄生第一次运

脑丁合影。

民国初年吴禄生（后排右一）与父母亲家人合影，父亲吴景春（前排右二）是第一代脑丁。

送香蕉到上海，因为算错船期，一船的香蕉在船舱中闷成了烂蕉！吴禄生脑筋一动，发明了香蕉干。用炭火烤的香蕉干，又香又脆，"来自台湾的名产，意外成为畅销商品"，吴能达说。童年在山区长大，祖母、母亲都会做香蕉干、香蕉油，带着家丁、工人一起生产。吴禄生产销一贯作业，"走水路生理啦"！[1]

当客家人大半仍在山林间流汗耕作、赚取微利时，吴禄生已经懂得多角经营、利用山产与客家村的产能，到大陆、日本做贸易买卖，并经由大安溪、大甲溪河谷沿岸，在卓兰、东势、石冈等地从事小机动船运输的行业。吴能达记忆中，中部山城的公路运输极差，没有现代化马路，但大安溪上游到下游，水势丰沛合宜行船。

沿着大甲溪走，丰沛雨量穿越各平原丘陵。从清朝开始，这里山居的客家先民，会引用河水入圳，种植农作物、山产，再往东势、石冈与谷关山区输送。吴禄生就在大安溪流域经营流笼[2]及大甲溪营运机动船的运输业，利用水路为客家及原住民村落运送人与货物。

尽管日本人高压统治台湾，不许台湾人读汉文，吴禄生还是承袭客家人耕读传家的古训，请来汉文先生，在家里成立私塾班；家族子女除了学校的日文教育，一定得学千字文、三字经、昔时贤文、中医、珠算及客家拳[3]，古文得用客语及河洛语版念完，才能过关。吴能达回忆，那是人生最快乐的时光。

由于父亲长期往来上海、台北等大城市，吴能达有了村子里第一双上海皮鞋。在生活困苦的年代，大家都是打赤脚上学，有双布鞋已经是客家庄的富豪子弟了，而吴禄生利用来往大陆贸易的机会，在上

---

[1] 客语。走水路，做船运贸易之意；生理，做生意之意。

[2] 在地处山区及交通不便处，"流笼"是极佳的运输方式，一方竹笼从山的那头到这头，或是横跨溪谷的两岸，可运送人、货、山产、水果等。

[3] 早年客家村士绅请老师到家教私塾，除了古文经书外，多会请师父教客家流民拳等武术，以备不时之需。电影《一八九五》中的北埔姜家、苗栗徐家，即呈现了客家士绅自小在家中习武术的情境。

海买布、买皮鞋等奢侈品，替家人增添行头。村子里很多人一辈子没有穿过鞋，更别提皮鞋，于是大家都来参观吴能达的皮鞋；吴能达总会秀出亮晶晶的皮鞋，其实更想炫耀的是父亲的爱。

一九四九年一月，过农历年前，吴禄生照例至上海收钱，再批货回台湾贩售。出发前，他先将要寄回台湾的货款、黄金、布匹、皮鞋、波斯毯及民生物资等货品写了一份清单，寄回家中，并告知家人，他会搭上一月二十七日的太平轮船班。

吴素萍在博客里写道：

> 谁会料到这是一艘开往天国，天人永隔的一艘破船，还严重超载，黑夜中熄灯还能行船，船长酒醉睡着延误，以致撞上建元轮，造成多少家庭悲剧跟遗憾，我可以想象阿公在海中，在跟死神交手刹那，内心的不甘愿，遗憾，不舍，挣扎到最终生命结束，连同他要带回台湾的财物沉入海底！

代打猪印、背小孩、当童工

生长自富裕家庭的吴能达，从此天地变色，念完小学就得被迫出外谋生，负担家计，并跟着母亲回到娘家，一切从零开始。为了糊口，小小年纪、个子还没长大的他，就到中坑坪派出所当工友，协助户口校正、代打猪印、照顾巡佐小孩、打扫环境、泡茶、替派出所的警察家眷们当小工以及分送各分局公文，一个月薪资是新台币十八元[1]。

十二岁的孩子，身影小，忙着当巡佐家小保姆、小用人，还要送公文；人小腿短，走起路来比大人慢，送公文时，为了增加公文的时效性，只要看到有顺路又骑铁马的路人，就手拉着铁马在后面追跑，

---

[1] 旧台币四万元换新台币一元，吴能达领的是新台币，但是生活中仍使用旧台币。通货膨胀的年代，币值混乱，他的日记账中有详述。

吴能达（右）年轻时也加入了制樟的行业，开始承袭家业。

这样跑起路来就快许多。

　　早年打猪印是警察主要工作之一，在生活困顿的年代，民间不可以私宰猪只，于是警察还得管猪印。合格屠宰的猪才能盖猪印，没有盖印是犯法的！为防止私宰猪只，年幼的吴能达，有他的坚持跟执著，常要到山上偏远地区替婚丧喜庆户打猪印；面对血淋淋的猪体，还得硬着头皮打猪印，这可是连大人都不愿意做的工作！走十几公里的山路，猪印打好，天都暗了，几乎摸不到回家的路。

　　一个人在黑漆漆的山路摸黑回家，黑夜里沿着湿漉漉的山壁，蝙蝠刺耳的叫声穿梭在山洞间，夜鸮在树梢停歇时发出低鸣，山崖边滴滴答答的水声，沿着他的脚步声声逼近，森林里不知名的蛙鸣、兽吼相互交错，发出诡异凄厉的声响……吴能达想到年少失去父亲的哀痛，从生活富裕、备受呵护的童年，还来不及长大，就得承受失去父亲的心酸跟委屈，不禁悲从中来……一个人孤零零地走着，泪如雨下，滴落在黑夜恐怖的山路间，伴随他翻过一座又一座山头。

　　吴素萍说，每回父亲谈到这些往事，还会哭红了双眼。"当阿公的人，还如此难过伤心，我很不忍心，就像在他的伤口上撒盐一样痛，听了我都想哭了！"

　　吴素萍红了眼，赤热的阳光下，分不清是汗水还是泪水。

传承家业

　　十八岁，吴能达经堂姐夫介绍，到高雄公路局保养厂工作几个月。不久四叔吴衡生从日本回到台湾，指导吴能达承袭家业，从事薄荷脑工作，开始接触龙脑、樟脑；二十五岁以后，开始自己独当一面从事樟脑制作，二十六岁考上脑长[1]执照。

　　东势镇位于中央山脉与台中盆地之间，早期盛产樟树，是客家村

吴能达在太平轮事件后，走过了困苦的前半生。前几年，他特地到基隆，寻找太平轮纪念碑。

----

[1] "脑长"的性质类似过去烟酒公卖局发给的许可证，可从事樟树开发与采买，管理一群"脑丁"(工人)和"脑寮"(工寮)，有人戏称吴为末代脑长，因为之后就不再有脑长制度。

主要经营作物；台湾一度有过制樟脑外销的辉煌岁月，樟脑曾是台湾三大出口货品，有台湾三宝的美名。

吴能达祖父吴景春，日据时代即开始从事制樟脑行业，是家族第一代脑长；父亲吴禄生也拥有日据时代官方颁发的脑长证明。在国民政府未开放樟脑提炼时，脑长有名额限制，申请者必须是专业技师、农校相关科毕业或是有伐木两万立方米的经验。吴能达从小随着父亲在山区长大，他申请时为第五十三名，被称为第五十三位脑长，如今他的家族四代经营制樟业，已超过一百年。

在台湾经济起飞后，产业规模改变，制樟业逐次没落，吴能达一度放弃制樟行业。直到这些年，他的子女们重新拾回制樟技术，并开发出符合现代的环保有机新产品；女儿、儿子负责行销开发，吴能达负责生产、技术传承，是颇具知名度的地方文化创意产业，各家电视台常常来采访邀约，还曾有过游览车停在家门口的盛事。吴素萍说："希望阿公在天上，也看见了我们的努力。"

吴素萍每年在清明节扫墓时，供上自己研发的樟脑新产品，告诉阿公后代的努力。她以阿公为荣！

在吴能达子女们的努力下，传承百年的宝岛熏樟，这些年重视技术传承、强调古法炼制，再加上吴素萍与兄姐各司其职，发展出极具特色的商品，去年得到客家特色商品的荣誉。吴素萍说，知道阿公的故事后，她更努力开发、行销，每年扫墓，她都会带新研发的产品到墓前，告诉阿公，他们让没落的行业再度开出火树繁花，也向这位未及谋面的阿公致上最高敬意。

看见电视报章介绍太平轮纪念碑在基隆港口，两年前吴能达还到了基隆；他一面拭泪一面说，想看看纪念碑。"爸！你什么时候去的？"访问时，吴素萍还很讶异，父亲竟悄悄去了基隆港。"太平轮船沉了……一切希望似乎没了，那是一个充满伤痛的回忆，我感觉得出来，父亲不太愿意去回忆。"看着父亲拭泪，她说应该还有很多故事，只是她不敢再多问下去！

这几年吴能达常常接受各家电视台节目邀请，示范他的焗脑技术；当年受他照顾、被他背在背上照顾的孩子，还通过电视台来寻故人。"那个孩子都六十了！"

资料来源：
宝岛熏樟博客 http://blog.sina.com.tw/camphoroil/article.php? pbgid=51173&entryid=582225。

花开散叶

——太平轮人物故事二

太平轮之子

杨太平

有人说，他出生在太平轮

二〇〇五年一月六日，在寻找太平轮的网站上，有人写着："I was born on Taiping on her way from Shanghai to Keelung the day of January 15, 1949. My nickname is Taiping." 让我们欣喜万分，也认识了这位远在美国休斯敦的太平之子。

一九四八年，蒋介石政权在南京颁布"动员戡乱时期临时条款"，透过这项条款，冻结了宪法部分条文。

同年九月，林彪领着解放军攻进锦州、长春与沈阳，十一月淮海战役解放军趁势追击，进入华北与中原。来自大陆各省的学校、机关军职公务人员，消息灵通者、商人……带着眷属，纷纷聚集上海，准备南迁台湾，逃亡潮正式开航。

一九四八年秋日到一九四九年，大陆各地政府、机关、学校、团体已纷纷向南方港口迁徙，随时准备南迁台湾，内地充斥着动乱的气氛，耳语、纷乱、流言四处弥漫。

文化大学席涵静教授回忆：当年他十二岁，父亲是阎锡山手下，

六十年前出生在太平轮的杨太平，如今是在美国工作的科学博士。

早早与同事从山西到上海，随时待命到台湾。在上海的日子，没有上学，家中长辈、亲友天天聚在一起讨论局势，通货膨胀，物价一日数变。共产党大举进攻，蒋介石政权撤守，大家人心惶惶，随时带着财物，准备逃难。

杨黄桐枝在一九四八年怀孕，跟着丈夫杨民的兵工学校四处迁移，一度在苏州与学生们暂居庙里；学校发的薪饷不够，他们就靠家中接济，一面等待随时迁校台湾。离分娩的日子越来越近，杨黄桐枝想回老家湖南生产，到了火车站，"人山人海，人挤人，我看到一些小婴孩，就在火车上被挤落，掉下来，死了，我吓死了！不行，不行！这会出人命"。

拎了行李，杨黄桐枝回到原住处；产检时，卫生所护士建议："到台湾吧！台湾四季如春，小孩在那里长大，也不错。"

恰好丈夫的兵工学校已经接到命令要移防台湾，他们就与兵工学校同学一起到了上海，登上一九四九年一月十五日的太平轮；同学也替他们订好基隆医院病房，打算一到基隆就可住进医院待产。

通铺产子，平安长大

可是人算不如天算！一上船，摇晃的船身与风浪引起杨黄桐枝肚子阵阵疼痛，使她不停地上洗手间。船舱里挤满了人、货品、行李，还有三所准备大规模迁校的军校师生，船上的人已经没有办法挪出空位让她待产，更不知如何迎接船上的新生命。

兵工学校一位才多识广的主管，临时被找来充当接生大夫，一看见通铺上阵痛的杨黄桐枝，自己先昏倒了，这时小婴儿已经抢先来到人间。

小婴儿脐带未剪，同铺的四川老太太镇定地拿出剪刀："别怕，别怕！我们别让孩子受到风寒。"老太太拿起剪布的小剪刀，没有酒精灯，没有消毒，一刀断了婴儿与母体的脐带，用纱布贴住婴儿肚子。"他出生，一身血水，船上没有多余的水可以洗身体，带的食物也不够，丈夫到餐厅要了一碗干饭，找了两颗蛋，就当成产后最丰盛的一顿饭。"

在通铺产下孩子，丈夫杨民把婴儿出生的胞衣、胎盘，用脸盆装着爬上甲板，扔到海里；一抬头，皎白月亮挂在空中，海面上可见舟山群岛的小岛零星散落，船静静地在海面滑行，"好大的月亮，好像人间仙境。"他们因此对这刚出生的小生命，有着更深的期待。

在船上，杨黄桐枝没有吃饭，大部分时间躺在床上。熬到第三天，一下船，直奔基隆医院，医院不肯收这对急诊母子："你们在船上生，小孩会死呀！会出人命，我们不收。"

"我几天没吃饭，也不知哪来力气，就在医院与他们吵起来，你们不能见死不救呀！"里面护士长听到外面人声嘈杂，再见到一身是血的小婴孩，"呀！好可怜哪！"好心护士长一手接过满身是血的小婴孩。在船上没有人接生，没有任何护理处理，她觉得孩子可以存活已经是奇迹。

"我听妈妈说，我的血都沾满了全身，变得又硬又干，头发上沾满血迹，花了好久时间，洗好久，才把身体清洗干净。"杨太平说。

杨黄桐枝记忆中，因为血液凝固在身上好几天，清洗就花了很长时间。抱出时，护士长说："不好意思，太难清洗，手上一小片皮肤洗破、脱皮了。"洗干净了，孩子才放声大哭。"之后我们就叫他太平，一是纪念他出生在船上，另一是期许他一生都平平安安。"

杨太平一生都没有忘记，母亲从小告诉他，出生在太平轮上的惊险，而他也幸运成为一九四九年一月二十七日沉船前，安然抵台的乘客之一。

太平轮上挤满来自各方的乘客，每个人都是流亡者；船上添加的新生命，冲淡了几许流亡者的哀伤，为这趟行程添加了几分喜气。

同铺充任接生婆的老太太，也在一路上指导杨黄桐枝如何照顾初生婴儿，让她全家感念在船上的患难真情。

异地生根

到了台湾，杨黄桐枝随丈夫的兵工学校迁居花莲，三个月没有薪饷，靠着三条烟、几包糖、一包米，在花莲开始了新生活。住在日式宿舍，没有菜下饭，就着附近的农家地瓜叶炒菜。

所幸儿子长得白白胖胖，在乡下过着快乐童年。因为船上出生的经历，朋友们都在"太平"之外，叫他"船生"或"洋鸭子"（意即海鸥）；据说太平轮航行时，甲板上尽是盘旋的海鸟、海鸥，朋友们觉得，这孩子就是跟着海鸟一起上船的。

后来杨太平也应了这名字的期许，有过多次与死神擦肩而过的际遇，却都平安度过。他认为这是祖先冥冥中的庇佑，让他在乱世中平安降临、顺利地度过大半生。

二〇〇五年，朋友给他一张剪报，他开始上网，很认真地写着自己的身世、父母，以及童年的故事：

Every person has a birth place. I have a birth path that can be drawn a line on the map.

It is our family's destination that my parents did not wait for Taiping's next journy (and the last journey) to Keelung. Taiping is China's Tatanic in 1949.

My father was an army engineer who is good at English, Chinese, mechanics, and US army weapon system. He and his classmates are the pioneers who build and keep up the modern army ststem in China during WWII and in Taiwan during the 50-70s. Few people in Taiwan had such expertise to handle English/Chinese and the US military equipments during that period.

杨太平一九七四年离开台湾，到美国求学，拿到博士学位，工

杨黄桐枝与丈夫杨民（右），在美国安享老年生活。提到太平轮产子的过程，他们终生感念在船上替他们接生的贵人。

作、娶妻、照顾下一代，与许多早期留学生一样，在异国落地生根。

但是他从未忘记父母亲告诉他，在船上惊险出生的经过。"回首过去，我的人生总是一路往前跨步，没有机会回头看，这次才有机会停下脚步，想想从前。"从父母亲的流亡、跨海、移居，自己在异乡的打拼，从四季如春的台湾到美国南方，一住将近三十年，院子里有亲手栽下的竹林、枇杷、橘子和三月里花开满枝的李花。"想念台湾吧！这里气候适宜，纬度、空气与湿度都和台湾相似，我就种些记忆中的台湾果树！"

由于出生的经历特殊，杨太平在研究地质专业以外，对历史、文化也兴趣浓郁；朋友们也都知道他对"一九四九"有着深情与眷恋，给了他一张"寻找太平轮"的剪报，这重新唤起他的台湾记忆。

他的父母在接受访问时说，回首一生，都是幸运的，在人生困苦的关头，都有贵人相助！直到现在，还忘不了一九四九年太平轮上替孩子剪脐带的老太太，以及接下浑身是血的杨太平的基隆医院护士长，让他们一家在台湾安身立命。"好想台湾呀！在大陆度过年轻岁月，在台湾生养子息、安家落户，晚年在美国，最思念的还是台湾。"

对台湾的思念化成了春天的花，飘进每个人的心里。而窗外，加州阳光金黄闪耀。

后记：纪录片播出后，接到杨妈妈的信："杨妈妈、杨伯伯看了两遍，如回到当时太平轮的原景，第二天杨妈妈又继续看……"突然想起杨妈妈请我吃她熬的红豆汤，飘着浓郁香味，甜甜蜜蜜地钻进心里！愿他们健康快乐。

航行生命的喜乐

吴金兰

从这岸到彼岸的上海大小姐

一九四八年坐上太平轮，与家人在台湾落地生根；二十多岁，坐上四川轮，离开台湾远赴西班牙结婚。旅居西班牙的吴金兰，一生中最大的决定，对她，都是美丽的航行。

长居西班牙马德里的吴金兰，童年在上海度过；父母亲在上海有一间纺织品加工厂，用最新的纺织机织棉袜子，织出来的袜子又轻又暖，成为早年的流行商品。一九四八年国共内战逐次往南逼近，吴金兰父母亲带着全家大小、机器，与工厂工程师、家眷，全部上了太平轮，她说那天海面上风平浪静，天空一片碧蓝，秋日和风清爽，她很兴奋："没有去过台湾，香蕉、水果好吃咧！"

这一大家人初到台湾，在迪化街一带落地生根。父亲带着工程师，把机器从太平轮船上拉回家，重新组装，开始营运；工作人员都换成了附近的本地人或是来台湾的各地外省太太们，大家叫她"上海大小姐"！

这位上海大小姐在台湾念完初中、高中，大学进了东吴大学第一届法律系，还是与家人住在迪化街，每天活跃地过着大学生活。父母亲经营的袜子厂生意兴隆，在她大学毕业后，还扩张到苗栗再开一家分厂。父亲原意让她去苗栗管工厂，但"年轻的我，哪有耐心呀"！最后她还是遵听父命，到了苗栗，不过家里替她找了一份教书的工作，到省立苗中担任老师，教初一、初二、高一、高二的学生。

她教什么呢？法律人在高中并没有适合的课可以教。原想教英文，可是学校里已经有位老先生在教，乡音特重的他，念起英文摇头晃脑，好像古诗词老师唱水调歌头。她只好教起代数、几何，成为数学老师。

苗栗教书，教到大明星

刚从学校毕业的吴金兰个子小，学生站起来都比她高，也不听她

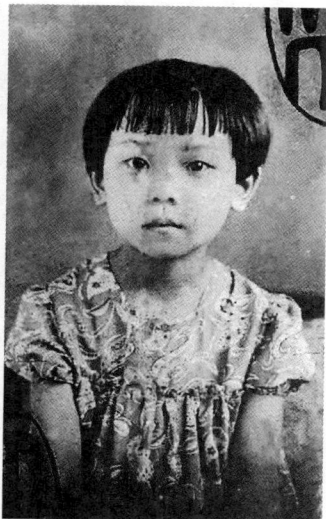

在上海时期，吴金兰度过
无忧无虑的童年。

话，逼得她说：不安静，不发考卷！在苗栗省中教书，最让人难忘的
学生是唐宝云，"很漂亮，又会跳舞"。"我常带她到台北比赛、表演，
两人一起一个房间，很有话聊。"那时候戚维义也在学校教书，没事
就请吴金兰吃饭，借机接近唐宝云[1]。

"人家有意，我无心！"吴金兰回忆起来，发现自己才是电灯泡。

教书时，宿舍里有位教童军的刘老师，常常一起在宿舍改考卷、
看书。一天吴金兰看见她桌上邮票好漂亮："给我一张作纪念，好
吗？""不行，这是我未婚夫的信。"

这位刘老师替吴金兰介绍了在西班牙的留学生王鼎熹，是刘老师
未婚夫的同学，一起在巴塞罗那的中餐厅工作。吴金兰、王鼎熹开始
当起笔友来。"西班牙邮票真好看！"

---

[1] 唐宝云，早年以《养鸭人家》、《我女若兰》、《婉君表妹》、《寂寞的十七岁》等电
影走红影坛。戚维义是她的老师，这段师生恋曾轰动一时。两人相识八年后结婚，
十三年后离婚，唐宝云于十年前过世。戚维义为台湾知名画家。

坐着太平轮到了台湾，大家都叫吴金兰"上海大小姐"！

王鼎熹自台大经济系毕业就坐船到了西班牙，是台湾第一代留欧的留学生，平常还在一家中餐厅当经理。

在苗栗教书进入第二年，吴金兰母亲开始催她："怎么没有男朋友？""二十五六该结婚了，不结会成老小姐了。"于是开始了每个月的相亲之旅，从阳明山赏花到晚餐，从留美博士到准备出国念书的硕士，每个月都有不同的约会对象。教书生涯第三年，吴金兰觉得自己不能再留在台湾，压力太大，于是一面申请到美国念书的奖学金，一面与王鼎熹通信，进入彼此交换照片阶段。王鼎熹知道她要出国，就鼓励她到西班牙，并让自己的父亲到吴家去拜访吴家妈妈，这两家原来在上海还是旧识呢！

难以抉择的吴金兰，徘徊在去美国还是西班牙之间。后来决定两周都不回信给美国的博士，也不回信给西班牙的笔友。结果美国博士只写了两封信来，而西班牙的王鼎熹每三天就发封信，她决定去欧洲。

坐上大轮船，带着新嫁衣

去西班牙前，她像采买嫁妆一样，给自己订制了几件旗袍，买了许多故宫复制画，装满了三大箱行李。在基隆买了二等舱船票，坐上四川轮出发往欧洲，同行的还有一位饭店厨师的太太与四个孩子。在香港停歇时，她又去买了一箱珍珠，还有餐厅会用到的冬菇、木耳……六个人带了近二十件行李，船在海上航行了三十二天，最后在法国马赛港上岸。

船靠岸，王鼎熹带着吴金兰的相片，上船认人，并带她认识这个地中海著名港口。逛街时，看见漂亮的衣服、精致的香水或化妆品，吴金兰把脸贴在玻璃窗前，认真地想多看两眼，但王鼎熹找她去喝咖啡，"可是从来不叫蛋糕，心里想，这男人好小气呀！"事后想想，

吴金兰小影。

留学生穷，怕看多了奢侈品，没钱买，只好喝咖啡去！

在马赛第三天，王鼎熹就向她求婚："嫁给我好吗？"

"求婚？跪下来呀！"

大马路上，她问王鼎熹："真的要娶我吗？"

"这里中餐厅的钱老板，再三叮咛我要把握机会！订完婚再回西班牙。"

"给我二十四小时考虑！"吴金兰见到这个男人才三天，她还没准备好。

地中海的蓝天白云，路上走动的爱情，让大家都醉了。

"可是这男人与信中感觉一样，忠厚老实，正在念博士班，人也很诚恳。"

第二天，吴金兰说："可以买蛋糕了！"他们在马赛订婚，再一起坐火车到巴塞罗那。订完婚后，他们才开始谈恋爱。

在西班牙生活四十多年，他们成了西班牙的侨领，王鼎熹是国内少见的西班牙经济通，写过几本有关西班牙、葡萄牙文化与行政比较的著作，也曾当选过侨选立委。

吴金兰在西班牙创办了中文学校、许多女性社团及商会组织，也担任佛光会在西班牙的发起人。去年王鼎熹辞世，吴金兰回首，自己是多么幸运，没有受到战火波及，又因为太平轮平安抵达台湾，让他们一家躲过国共内战，躲过了死亡阴影与可能离散的家庭惨剧，仍可团聚；而在风华正茂的年轻岁月，又幸运地带了自己的嫁衣，坐上四川轮航行到欧洲，嫁给从未谋面的陌生男人，在西班牙过了后半生。

两次远航，两次生命航行，带给她的是感恩富足的人生！年过七十，她仍如地中海热情的阳光，绚丽多彩，在生命舞台旋转，永远有用不完的精力："比起同时代的人，我真的很幸运！"

孙十八的十七岁

孙木山

风大浪大，好像坐在木盆里

> 船很大，浪也很大，船身摇得很厉害。海是深蓝色，夜里
> 没有月亮，也没有星星。

> 我在船舱里想吐，就到甲板上吹风，在船长室的大水壶里
> 倒茶水喝，船长很喜欢我。

一九四八年，孙木山十七岁，坐太平轮到台湾。

到台湾之前，孙木山从来不知道台湾是什么样子，也不知道这里
四季如春；从小生长在东北，祖父是张作霖东北军的重要将领，张作
霖的回忆中就写过孙木山的祖父。

跟着家里长辈一路从东北到上海，共产党一路向南走，家里就往
南方逃。那天晚上，孙木山与家里长辈及用人一共七八个人，带着简
单的行囊上船。"船上挤得像猪舍一样，我们没有客房，全家挤到通
铺的小角落，通铺都臭了！"

波涛翻滚的浪花，让不适船行的人难以忍受，船舱都是晕吐的气
味，孙木山永远忘不了船舱里那阵阵令人作呕的腐臭。白天的大海是
深蓝的，很少船行过，他宁可在甲板吹风，偶尔下舱看看家人。他说
船超载，行进速度慢，以大约六海里的速度前行。整艘船像个大木盆
般在海上漂流，灰蒙蒙的天，没有云。

他曾在个人博客上写着：

> 不是装人的船，不适合却又在逃难的时候有用；航行时，
> 似推磨般摇，货舱充满人吐出酸腐气味……令我随时可闻到。离
> 开大海浪仅数尺之遥，深蓝大海波浪喧天，印痕深刻。

> 再航行时……撞沉了！

> 那时家人逃啥？不是活不了，单一目的……家父已经在台
> 湾任职，谁也分不清啥船，能去就行，居然到了基隆。

孙木山（上排左一）担任空军时的全家福。孙安福（下排左一）整理。

他也提及：

> 逃难为了存活，却在戒严黑暗中，驶在舟山群岛，充满暗礁，撞沉了，千余人淹死[1]。

在海上过了两个暗夜，清晨，终于看见基隆港土地；小贩把香蕉挑上船，孙木山一眼看见卖香蕉的小贩，立刻拿一个银元换了一大串香蕉。"当时银元多大？反正有多少吃多少，以前在东北、北京香蕉多珍贵，现在看到一大串，吃啊！"十七岁的孙木山饿了几天，津津有味地吃着来台湾的第一口美食。

爸爸开着黑头车来港口，把大家带回台北的家，一幢日本宿舍，全家挤在一起团聚了。有着院子、榻榻米的房子与北方大院，是完全

---

[1] 见孙十八博客 http://blog.udn.com/standmood76/2610528。

不同的生活；十七岁半大不小该念书的年纪，还想着过两年就反攻大陆了。

东北—北京—上海—台湾，"走"出来的逃难生涯

孙木山说："我是一辈子没好好念过书。"祖父当年退了军职，在天津投资银行。他在北京生长，长大被带回东北受教育，小学时候日本军占领东北，学校有日本老师常打他。"他打我，我就打他儿子。"他一打架，家里就得给他换学校，印象中，小学都给换光了。

解放军打进营口时，他们全家住在陈家花园。第二天他骑着脚踏车上学，路上看见一堆军人尸体，被叠起来放油烧[1]。

那年冬天，满地白雪的清晨，口一哈都是寒气，国民党军队与共产党再度激战，又收复了营口，他再上了两天学。沿着铁路边上，国民党军队把尸骨堆起来，棺木板一铺，"狗在啃死人骨头呀！"当时还是中学生的他，到今天都记得战争的残酷。"无聊，该争的，看不见，不懂可是杀自己人？"

逃难潮开始，他担心家人——奶奶还在北京。他与弟弟妹妹及家里一些长辈，随着人潮往南走，背着小布包，靠两条腿走路，遇上马车，就跳上去坐一程。走了一两天，没有东西买，还到农村去乞讨几个馒头糊口。人潮一路往南走，东北的桥都被炸毁了，剩余半截桥身

---

[1] 一九四八年九月十二日开始，同年十一月二日结束，共历时五十二天。林彪、罗荣桓指挥中国人民解放军东北野战军，以伤亡六点九万人的代价，消灭及改编国民革命军的一个剿匪总司令部、四个兵团部、十一个军部、三十三个师，共四十七点二万人，并占领了东北全境。国民党东北军总司令卫立煌败逃，副司令被俘，国民党军队折损将近四十七万人。当时东北是全国唯一一个共产党力超过国民党的地区，所以中国共产党把决战的第一个战场选在东北。
孙十八陈述的逃亡路线，由于部分北宁铁路为解放军所控制，长春、沈阳通向山海关内的陆上交通已被切断，补给全靠空运，物资供应匮乏，他们是随着大量逃亡潮往南行。

坐着太平轮到了台湾，孙木山（后中）在投入军校前与家人的合影。小弟孙安福
（右前二）说："大哥是我的英雄！"

挂在河岸，大家全在炸毁的桥上抢着过河，天冷，不小心就会掉进水里。"大家挂在断桥上像小蚂蚁！"孙木山第一个爬上去，再带着弟弟妹妹，一步接一步跟着人群走，只想快快到北京看到爷爷奶奶。

到了北京没多久，解放军持续南进。一九四八年十一月二十九日，平津战役拉开序幕，孙木山与家中长辈再度南下，到上海衡山路投靠了外公、舅舅一家，上了沪江中学。"大家都说上海话，我不懂，糊里糊涂就到了台湾。"

也不知谁买的船票、票价多少，上海乱了，只想快去台湾找爸爸吧！就搭上了太平轮。战乱时他没念过几天书，到了台湾，十七岁，跟着父亲住日本宿舍，天没亮，太阳没出来，战斗机在天上飞，他一张开眼就听见战斗机飞过，好神气！

恰巧空军官校招考新生，他想反正自己喜欢飞机、体格健壮，就决定念军校了。

念军校，当上 F—86 战斗机飞行员

当时军校半年招考一次，考上后，他到屏东大鹏湾，剃个大光头、写好遗嘱，六个月受训后，就正式入伍。念军校，学飞战斗机，第一回拿了薪饷回家，告诉家人："买菜吃吧！"

任军职期间，他有机会了解，原来早年搭乘的太平轮，是第二次世界大战的运输船，是美军用于第二次世界大战战备补给的，完成任务后就被击沉，并不作为主要的客轮，早年还是以废铁名义卖给战后的中国船公司。据他了解，这些船在"二战"期间，被德军打沉很多艘，制造过程是依标准规格建造，只要有单层船底，配上引擎就能航行[1]。而他搭乘的太平轮，已经是改装过的，有三种等级的船舱。

他说，自己上了船、考上军校、毕业、成为 F—86 战斗机飞行

[1] 有关太平轮船身，详见本书"大时代的流转"。

孙木山飞 F—86 战斗机，是位神气的空军。

绕了大半个地球，孙木山在台北写下
他的战争记忆与往事。

员，当起神气的空军，人生从此不同。论飞行技术，他一直是部队里的一把好手，早年创下许多傲人的飞行记录。"从小我拿他当英雄，"他的小弟说，"他的打架技术，与飞行技术一样棒！"

退役后，台湾正逢一九七〇年工业发展的年代，他顺势开了工厂，卖产品到美国的大百货公司，生活无虞；也曾到东南亚工作，买了飞机当货机，自己开，在二〇〇〇年回台湾之前，曾经游走美国各州。

绕了大半个地球，孙木山觉得，还是台湾最方便、舒适，也最简单，自己住个公寓，一张床、一张桌子，出门是公车站、捷运站。

在台北，他喝咖啡，走过对街，闲适地看报、晒太阳。这些年他迷上网络，在《联合报》开了博客，写战争记忆，写人文，写他动人的爱情，署名孙十八。"木头的木，拆开来不就是十八吗？"

白发、白胡子，走路挺拔，谈完太平轮，他说："我的爱情故事才精彩呐！"台北的温暖阳光，斜斜落入咖啡杯里，映出金色黄昏。

新嫁娘的半生姐妹情

刘费阿祥

抱着孩子换船票

十多年前在报社工作的场域，遇见刘费阿祥。她总是带着春天一样的笑容，长年穿着精美的旗袍，她是扶轮社在台湾的第一位女性发起人，也常常领着工商妇女会的女性创业者，四处南征北讨，让世界各地看见台湾女性在经济发展上的傲人成绩。

"那时候要逃难啊，我才二十一岁，抱了刚出生的小孩多不方便，张太太热心地帮我换了船票，与她同个船班，我才没坐上那艘沉下去的太平轮，她是我的救命恩人。"六十年过去，想起当年，刘费阿祥总会眼眶一阵泛红。

一九四七年，刘费阿祥第一回踏上台湾的土地，与初到台湾的朋友共六户人家合租住家，浴室、厨房都是公用，矮小房舍里常滴雨。丈夫就做些小生意，卖棉织品、酸笋等民生用品维生。生意稳定后，因刘费阿祥的母亲重病，她抱着才出生的大儿子回老家照顾母亲。直到一九四九年解放军攻陷北京，时局吃紧，南方人人自危，她抱着还在襁褓的大儿子，卖掉上海住家的家具，换成金圆券[1]，好不容易抢到一张一月二十七日的太平轮船票。朋友说："一个人带着孩子多辛

刘费阿祥换了船票，幸运地逃过一劫，在台湾创立了她的钟表王国。

---

[1] 国共内战期间物价飞涨，国民政府发行面额大的货币，希望抑制通货膨胀，结果失败。

张孙美娟当年替刘费阿祥换船票，抱小孩，两家成为一生的好友。

苦，我们一起走有照应。"好心的张家夫妇帮她换了票，比二十七日早一班的船期，一起到了台湾，开始了人生的下半场，也幸运地逃过一劫。

在洛杉矶的老人公寓里，见到了刘费阿祥常常挂在口中的恩人张孙美娟。"说是恩人，我不敢当，只是一起出来逃难，互相照应。"张孙美娟回忆："我才刚拜过堂进洞房，第三天就上了太平轮。婆婆说，哪有新娘子一结婚就离家出远门呢！我先生硬拉着我上船。"八十岁了，张孙美娟还记得，婆婆要求她在上海老家住上五六个月，再到台湾。

"还好我上船了，几十年后再相见，大家都老了，哪里还有情分呢？"一九四九年一月中上船，披着凤冠霞帔拜过堂的新嫁娘，就到了南方的岛屿。船舱拥挤，空气里弥漫着来自大江南北的汗味、体味；刘费阿祥与张孙美娟挤在大通铺，紧紧抱着孩子："一放下就哭了，我们只好轮流抱，不敢合眼。"

初到基隆落脚

坐了三天两夜的船，到了台湾的基隆港，他们两家人就此长期在基隆落脚。邻居都是基隆本地人，看刘费阿祥一个人年纪轻轻，要带孩子又要熟悉环境，全都伸出援手，带她上市场买菜，教她烧煤球、说闽南语；初期指着桌子、椅子、茶杯比手画脚，四个月后她学会了用上海腔说闽南语，只是很不习惯基隆的雨："湿湿搭搭，尿片晾在屋里不干，只好一面烧煤球一面烘。"

"我们都住在山边，一共五户挤在一起。"张孙美娟记忆中，大家日子过得都不宽裕，感情却特别深浓，互相照应孩子，一起分享家乡口味，共同适应忙碌的新生活。

日子久了，他们的家庭都增添了人口：张孙美娟生了六个孩子，其中四名是双胞胎；刘费阿祥也陆续生了几名子女，各自为生计奔忙。当年的台湾，依赖美援过日子，全民所得不过几百元美金，大家都忙着张罗三餐、喂养子息。

过了几年，刘费阿祥与丈夫的棉织品生意有些收入，在基隆买了房子，开起一家小小的当铺，小孩陆续出生。三十九岁那年，基隆船运兴隆，满街都是水手、船员，街上都是各式各样小小的、卖舶来品的店面。一九五〇到一九六〇年代，这样的小店有近两百家，她顺应潮流，结束了当铺，开了一家四海唱片行，卖些流行的唱片。没有光

张孙美娟来台湾后的全家福，有两个女儿及两对双胞胎。

刘费阿祥与丈夫在上海结婚后，战火逼近，他们选择到了台湾。

碟、卡带的年代，卖黑胶唱片还是个时髦行业呢！为了生意，她常常一面背着孩子，一面到街上码头向下船的船员兜售黑胶唱片，虽然生意好，却也常常收不到钱。

走卖生涯到钟表女王

当年，基隆几乎是委托行的天下，他们的唱片行却常有人拿了唱片不付费。没多久，唱片行营生陷入困境，她带着几个孩子，担心生意、欠债，身体也累坏了，心脏、肝脏都相继出现问题；医疗不发达的年代，她哭求上帝让她活下去，孩子还年幼，她不能这样就走了。诚心感动上天，她渐渐恢复健康，也正式受洗成为教友。开始读《圣经》前，她并不识字，借着读《圣经》，她开始有了信仰，也打开了她人生的另一扇窗，认识了世界。

四十岁时，一位船员托刘费阿祥卖手表，她拎着菜篮，到台北市的委托行去卖，成功地赚了几十元，也开启了她的创业之路；大家都说她怎么卖这么便宜，她却认为有赚就可以了。后来她逐次建立了自己的钟表王国，也成为浪琴表在海外市场合作最久的经销商。"九二一"大地震那年（一九九九年），她还捐出五百只手表义卖。子

初到台湾，小孩陆续出生，刘费阿祥走入另一个人生。

女们接下她的手表王国，目前成为代理十几家国际名表的代理商，她也被后辈封为台湾的钟表女王，一直活跃在台湾的工商界，还发起了台湾第一个女性扶轮社团。

三代恩情

随着环境转变，刘费阿祥与张孙美娟，在人生后半场各有不同的际遇。刘费阿祥一直活跃在工商界与社交圈，张孙美娟则随着子女到美国安享晚年，不变的是刘费阿祥只要到了美国，一定会带着全家大小三代，拜访她家的救命恩人。

走出洛杉矶的老人公寓，"我不是恩人"，张孙美娟再次强调。她回忆，如果她们搭上最后的太平轮，人生就会改写，却因为改船票而逃过一劫，也平顺度过人生岁月，"我们都非常感恩"。因为逃过最后一班太平轮而结缘，从上海、台湾到美国，她们特别珍惜这段持续了六十多年的情分。

司马家族两姐妹，我的母亲与阿姨

司马秀媛、司马菊媛

我家的太平狗

　　童年，对家中的记忆是，父亲用客家话教我念"月光华华，细妹煮茶，阿哥兜登……"妈妈打开留声唱盘，沙哑的男声唱着："青春的花是多么的香，少年的我是多么的快乐……"冬日果园落了一地的叶子，没有电视，没有娱乐，父亲在昏黄灯下读书、写作，母亲说："别吵他！"母亲拿一篮毛线，为我打毛衣，一面为我说着她的故事："那时候，要上船了，我拎了一个随身箱，抱两条狗，我喜欢狗，不能把它丢下海呀！"母亲说着逃难的故事："太平轮沉了！还好我没坐那班船，我才能坐在这里！"母亲顺手拿起毛衣，在我身上比画，声音平静，像是说别人的故事。

　　随着岁月增长，太平轮、上海，依旧是母亲的回忆；年事尚轻的我，很难体会母亲的心境。在她的百宝箱里，一张张黑白照片：英俊的外公、穿日本和服的外婆，还有坐太平轮从上海逃到台湾的狗照

司马秀媛盛装坐在苗栗果园，脚边是一起搭着太平轮来的狗。

片。我记得我叫那两只狗为太平狗，因为它们是母亲拼了命抱着、挤在太平轮船舱中，一起逃难出来的。后来终老在苗栗的葡萄树下，母亲还给它们打毛衣，那时候她没有孩子，狗就是心肝宝贝。

"我以前出门逛先施百货，都有司机提货唷！"我小小的脑袋中，很难将母亲的司机与她喂鸡的样子联系起来。忙碌农事中，记忆中的母亲仍常常一面"团草结"（客语：捆树枝草结等作为燃料），一面讲着上海旧事，脚穿靴筒（客语：雨鞋）踩在泥泞的果园中。我并没有看出她和一般客家女性有什么不同，戴上笠嫲（客语：斗笠），随父亲在果园包水果，说客家话，坐客运上街买菜，蹲在厨房的水沟刮鱼鳞。

阳光灿烂的季节，母亲搬张板凳，教我用上海话念童谣："来发！来发！来了！来了！棉纱线拿来！"简单唱腔念软软的上海话，乍听像极了唱歌。

一九七〇年代，在台北读"世新"。戒严的时代，与同学在学校办杂志，听演讲，看党外杂志，母亲不脱白色恐怖的阴影："别给人捉去关唷！"住在苗栗果园里，三天两头被国民党查收音机的恐怖记忆仍未消失，"他们怀疑我们是匪谍！"在处处保密防谍的年代，像父亲这样的经历：到过大陆、日本与新加坡，最后回家乡当农夫，又娶了上海太太，也难怪常常有人来"关心"，查查收音机是不是与"共匪"联系的接收器！翻翻书架有没有禁书，检查与谁通信……直到我念小学，家里还常常坐着西装笔挺的陌生人，陪我们过一天。母亲担惊受怕了许多年，都不脱这样的阴影，不过我年少时看的党外杂志，她读得比我更仔细。

一九八〇年代的上海旧居

后来我投身传媒工作，正是台湾社会、经济快速飞跃的年代，母亲很少再提上海。直到政府宣布开放大陆探亲，母亲拿出发黄的地契及上海的地址："有空去跑跑吧！"当时我在报社工作，趁机会去大

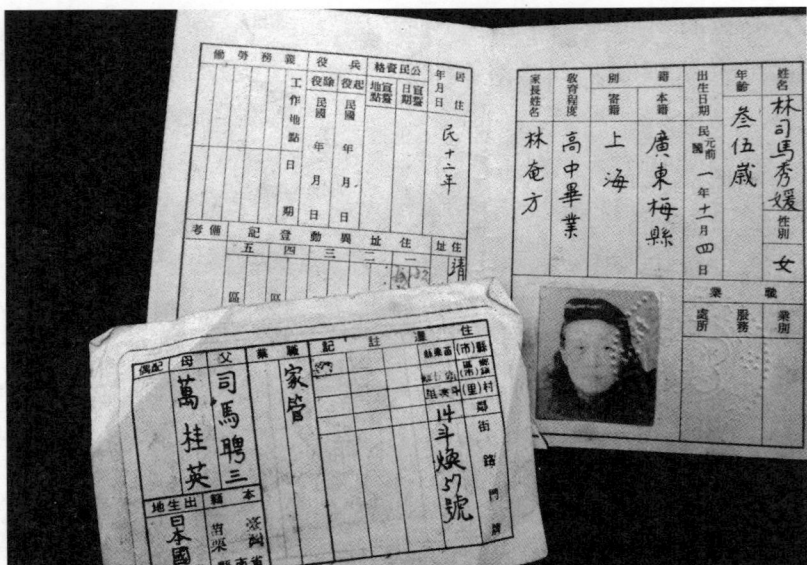

两张不同年代、不同时空的身份证，是上一代人的宿命。

陆玩了一圈，最后才到上海。当年的虹口机场，厕所没有门，一条茅坑，满地苍蝇群舞；一街的脚踏车，昏暗的衣装，哪里是书中十里洋场的上海呢！

走过母亲的学校——中西女中，在桃江路小洋楼和门口的普希金铜像一一拍了照。回到台湾，母亲一看，痛哭失声。问她想回去看看吗？她说："不用了！怕难过。"中国大陆"文化大革命"中，洋楼被收为公家财产，还被烙上"汉奸"的印记，她的兄弟受不住煎熬，在牢里上吊身亡。一九八〇年代后，表兄从上海到了台湾，他说："其实那时候熬一熬，日子也就过了。"

后来母亲将身份证从原籍江苏镇江，改为台湾苗栗："我住台湾时间比上海久，我不是大陆人了！"她用客家话说"偓系客家人"，很多年，她几乎不太说上海话了，不过到了台北，还是喜欢吃鼎泰丰的小笼包和鸡汤面，在家里她的梅干扣肉是很地道的。

二〇〇〇年十月，她离开人世，我整理她的遗物，从苗栗老家运回父亲与她的旧桌子，打开上锁的抽屉，发现了她与父亲民国三十五年的上海身份证；一本记事本，上面记满了上海时光，与刚到台湾的通讯录，娟秀的字体细心记下每位朋友的联络方式，愚园路、淮海路、金神父路、戈登路……都是她年轻岁月的生活地图。

而这些电话却是永远也拨不通的号码，在一九四九年后。

从上海小姐到客家村的农妇

二〇〇四年我离开"行政院"客委会的工作，陪着儿子在美国念书，带了一些资料，准备写母亲的故事，也整理出一张张父母亲年轻岁月的拼图，开始想写些他们那个年代的记忆。司马菊媛是母亲的妹妹，在我印象中，她是常常给我寄好吃巧克力、芭比娃娃的纽约阿姨。她与母亲都在日本度过童年，中学后回到上海法租界区，念严格的教会女中——上海中西女中。外祖父司马聘三原籍江苏镇江，是司马光家族后代，年轻时胆识过人，靠着一口流利的日文、英文与金头脑，成为成功的糖商。外祖母有日本血统，中文名字万桂英。一九四八年十二月局势动荡，外祖父才过世不久，舅舅决定留在上海，让外婆、母亲、阿姨与舅妈等女眷先到台湾，那时父亲已到台湾，在北门台北邮局边成立了贸易公司，陆续接下外公的贸易生意，想做日本、上海、台湾的多角贸易。

父亲是苗栗头份客家人，早年因为不满日本政权高压统治，游泳偷渡辗转到了大陆，投靠康有为门下，成为万木草堂的弟子。之后考上中华民国政府第一届外交官特考，曾派驻日本与新加坡，当时他改名换姓叫林奄方，身份证是广东人，母亲一直以为自己就是林太太，到了台湾，才晓得父亲原来姓张，是台湾客家人。"如果不来台湾，我还一直被你爸爸骗，以为自己是林太太呢！"不过她也会嘀咕，到了台湾，父亲又改回张姓，她也变回张太太了："我的朋友还以为我改嫁了。唉！"

母亲回忆，在基隆下船后，她们就被父亲安顿到台北青田街的日本宿舍。穿和服的外婆，倒是很习惯在台湾的生活；阿姨就到迪化街的贸易行去当翻译，她的英、日文绝佳，一直都是职业妇女。那时她们常常坐着三轮车，去延平北路买东西。当时的台北城，望去都是矮矮的日本房舍，街上大家多穿木屐拖在地上，咯吱咯吱响。

春天了，一家人赶着花季上阳明山赏花，或是浩浩荡荡去阿里山、日月潭，认识这座温暖而美丽的岛屿。一九四九年五月，国民政府仓皇来台，共产党正式进驻南方，舅舅来不及到台湾，上海公司匆匆结束营业，台北的贸易公司顿失靠山，父亲要带着母亲回到老家——头份斗焕坪种田，阿姨、外婆、舅妈决定仍留在台北。

柚子花香的酸甜时光

阿姨说当时乡下生活多荒凉，她舍不得母亲从十里洋场到苗栗，"之前我们哪知道哪里是苗栗呀！"母亲是传统女性，嫁鸡随鸡，嫁狗随狗，坐着运煤的台车，跟父亲回老家当客家媳妇。父亲找工人自己盖房子、整地，开始要种果树，阿姨与母亲就在刚种的葡萄架下合影。初到台湾的春日，她们笑得很开心，一脸远离了战乱的平静，闻到了甜美与幸福的滋味，空气中有柚子花香。

当时台湾社会生活困苦，不久阿姨找到一份在香港的工作，担任中国船运公司秘书。外婆与舅妈也决定回日本去定居，顺便等舅舅从上海出来，毕竟她们对日本比较熟悉。从此这一家就各奔前程。

母亲跟着父亲到苗栗客家庄，褪下上海小姐的光环，学种水果、剪枝、锄草，在荒芜果园中，与父亲相依为命，过完了她的下半生。尽管生活不如上海优渥，但是母亲甘之如饴。

极具语言天分的她，后半生以客语为主要语言。自我懂事后的记忆里，家里的生活是客家式、上海式并存：早餐要喝咖啡吃土司、炒

远离了战乱，司马秀媛（右）与司马菊媛（左）在苗栗头份果园，留下了初到台湾的身影。

蛋，即使再困顿，家中少不了红茶、咖啡与奶油；每隔一阵子，她要到新竹找扬州师傅做旗袍，周六或是周日她换上旗袍，画上细细的眉，拉着我的小手去看电影。她是我的电影启蒙者！她说在上海时，外公就常带着他们全家去戏园子听戏，年少时，常常看到梅兰芳来家里喝茶、谈戏。不过她更喜欢看电影，卓别林、希区柯克、○○七等电影都是母亲带我看的。母亲很早就为我推开了世界电影的大门。

擅长说故事的她，常常拿出当年坐太平轮的那口箱子与细软：几件上好的丝绒旗袍，外婆送的几件首饰，一些美丽的绣花桌巾，几只唐草咖啡杯，外公留下的怀表，一打她与父亲结婚时的银器，"要逃难，家中的古董全带不走"。几条缝在小布袋里的金条，是保命钱，还有一部"一二○"的老相机，开启我日后迷上摄影的三十年时光。她形容，当年的太平轮一票难求，得靠关系买，行李不能带太多，大家只得挑些简单细软随身带走，她随手带了一些日用品，就匆匆上了船。

船游走在黑暗海洋，船舱里都是难民，挤得满满的人，大家都没有到过台湾，不知道台湾长什么样子！她就在船上晃着，两夜没合眼，直到靠岸。曾经陪她看电影《滚滚红尘》，她一面看一面掉泪，想起她在上海搭船的光景。而张爱玲小说中的上海，也是母亲让我了解上海的进阶读本。

纽约—台湾

阿姨离开台湾，到了香港的中国航运公司，没几年，又被调往纽约，担任船业大亨董浩云的秘书，直到退休，她都住在纽约上城二十二街的公寓里。一九六〇年代的台湾，一切尚在起步，美援、越战影响了台湾这座岛屿，外销经济取代农业社会，我们的果园渐渐凋零。

阿姨活跃在纽约职场，一张张在纽约的照片中，都是自信亮丽的笑容，她展开了多彩的人生。一九九〇年代，她特地回到上海看看老家：在法租界区的桃江路一号，少时记忆的普希金铜像，童年与母亲走过的公园，常去逛街的闹区。二〇〇五年拍摄《寻找太平轮》纪录片时，再回去那幢房子，里面办公的人回忆说："那位太太顶气派的，到处看看，说我们这房子都没怎么变。"

退休后，阿姨就像候鸟一样，定期往返美国、台湾与我们相聚。母亲过世前些年，是她们姐妹俩记忆中最美好的时光：携手去吃鼎泰丰的小笼包与鸡丝面，一起说着上海话，在山上散步赏花，坐在客厅，听我的女儿弹琴。这也是继一九四九离开上海及分隔美国、台湾几十年后，她们共享亲情的美丽时光。

母亲与阿姨大概也想不到，随着经济起飞，两岸环境丕变。她们记忆中的旧宅，附近成为热闹的餐饮区；走过去一百步，是白先勇故居，现在是台商经营的宝莱纳餐厅；再过几条街就是太平轮失事罹难

司马菊媛从上海—台湾—香港，在纽约展
开她多彩的职场生涯。

者之一——音乐家吴伯超教授曾经任教的音乐学院，隔壁还有戴笠
故居改成的餐饮空间……母亲怀念的淮海路，在经济洪流下，已是上
海最火的小资情调好去处。

上海旧梦已远

记得去拍纪录片那天，上海只有摄氏一、二度，冷风冻红了双
手。一路仔细地从客厅、房间慢慢走，数十年不变的楼梯、走廊、屋
角；从母亲的旧楼望去，蓝天、枯枝、萧索冬日，一幢幢小洋楼，苍
老褪色的屋顶隐约露出曾经有过的红瓦。我想着母亲要搭船那天，是
不是也曾这样抬眼眺望过窗外呢？

我在窗台静静地站了许久。

多年后，按照客家人的习俗，将母亲与父亲的骨灰一起放进张
家祖坟，堂兄们早早清理好父亲与母亲在宗祠中的位置。堂兄拿着毛
笔，在张家族谱上写：来台祖第十七世张氏司马孺人。孺人，一个来

上海桃江路老洋房依旧在，曾经家大业大的宅院，灯火已暗。

自古代对客家女性七品夫人的称谓。

从上海到台湾，终老于客家村落。从登上太平轮的那一刻起，母亲远离了上海，即使日日思念、在人生后半场丝毫没有忘情上海旧事，她却最终都没有再回去看上海一眼。

她成为张家在祖谱上的印记——在除籍户口中，张司马秀媛，台湾苗栗人。

丝竹曲艺，顺风顺水的绮丽人生
戴绮霞

漂洋过海的戏剧人生

一九四九年前后，随着国共战争动荡，台湾涌入各省精英，也带来了一批京剧表演艺术人才，戴绮霞就是这样在台湾落地生根。她演戏演到九十岁，至今还在老人院里教老人们票戏，粉墨登场。

她常借用《打渔杀家》的台词——"生在渔家，长在渔家，不叫我渔家打扮，要如何打扮呢？""这种决心也决定了我九十年的戏剧生活。"

一九四八年底，戴绮霞领着舅母、妹妹、伙伴、一群徒弟，以及大大小小的行当、戏服、道具，从上海出发到台湾演戏去："我们一行人同乘太平轮，一路顺风顺水地平安到达基隆码头。"

她记得他们坐船来时，风平浪静，大家都很期待这趟台湾行。戴绮霞之前在大陆，已跑过大江南北，参加过江南"水路班"，家当生

带着戏班成员、大批行头，戴绮霞在台湾，奉献戏剧人生。

戴绮霞五岁开始学戏，十七岁登台，走遍大江南北。

活全在船上。晚上大家休息了，只有船夫摇桨，第二天到了目的地，只管搭台唱戏。

在基隆下船，新民戏院[1]负责人领着工作人员，雇了一辆大巴士来接人；全部团员都被安排住在延平北路的新民戏院三楼，四面有窗，通风敞亮。他们上台从《天雨花》、《红娘》……开始演出，当时台湾光复后不久，重新开始邀大陆名角来演出，卖座很好。

一九四九年春节起，戴绮霞正式挂牌演出。当时的新民戏院位于太平町的热闹街头：蒋渭水开业的大安医院，"二二八"事件发生现场的天马茶坊，粉味十足的江山楼、黑美人大酒家，一排排金饰店、银楼……打造了热闹的太平町。

在新民戏院连演了三个月，剧团老板突然拆伙，戴绮霞与团员商量，如果拆伙，大家生活立即没有着落，连回大陆的旅费都成问题，于是成立了"戴绮霞剧团"，一路到中南部演出。

为了增加剧团吸引力，她还力邀大陆麒派[2]传人——专攻老生戏的徐鸿培一团到台湾。可是在中部，他们卖座不如预期，二度来台的徐鸿培一团就先回上海了。戴绮霞带着剧团继续往南行，到了台南全成戏院演出，卖座不差，还得到台南议员许丙丁[3]的热心支持。许丙丁生长在台南，多才多艺的他，当年还曾粉墨登场，与戴绮霞剧团成员同台演出，表演《四郎探母》及《纺棉花》等戏码。

留守台湾，开枝散叶

那年共产党一路攻破上海，四月南京失守，五月上海解放军入

---

[1] 新民戏院早年是太平町一带的戏院，在延平北路上，即后来的国泰戏院，目前已拆除。

[2] 麒派是指麒麟童周信芳，他唱功自成一家。徐鸿培为其一九四九年前收的十大弟子之一，颇具知名度。

[3] 许丙丁是台南戏剧界推手，曾经赞助过许石、文夏、吴晋淮等人出国，并曾与邓雨贤合作"菅芒花"一曲，本身也懂京剧艺术。

戴绮霞剧团保留了京剧原味，许多戏校演员都是她的学生。

城，国民党政府退守广州，台湾大量涌进大陆各省民众，通货膨胀极其严重，物价日日飙高，娱乐行业也受波及。戴绮霞苦撑一个月，但是一个团有近六十个成员，每天开门就是吃、住，旅费开销颇大，光靠卖座无以为生，即使拿出首饰变卖，也无法挽回剧团营收，她只好忍痛解散剧团。

团员有些回台北，有些决定回大陆，有些则参加了顾正秋的剧团。许丙丁议员好心替她们一家在台南找了安身处。不久她再回台北，与顾正秋二姨[1]联络，也到永乐戏院登台，但是唱没多久，她突然身体不适，暂时休息养病。养病期间，戴绮霞一度有意回上海，时局已经混乱，大陆与台湾的来往遂次封锁，她决定留在台湾。

那一年，从大陆到台湾的梨园子弟越来越多，蒋介石带来六十万大军，遍及金马台澎，王叔铭将军固守舟山群岛时，戴绮霞还曾与许

---

[1] 顾正秋二姨吴凤云，终身未嫁，早年顾正秋剧团事务多半由她打点。见《休恋逝水——顾正秋回忆录》，作者季季，时报文化出版。

戴绮霞参与电影演出的剧照。

多名角到舟山群岛劳军。一九五〇年，舟山群岛大撤退。

一九四九年前后，大量移民潮进入台湾，军中逐渐成立剧团。一九五〇到一九六〇年代几乎是京剧在台湾的全盛期，大小剧团林立。他们带来了大陆原汁原味的表演方式，也在台湾本土的歌仔戏、布袋戏、南管、北管等之外，增加了多元的戏曲风貌。

五岁学戏，戴绮霞说自己从娘胎里就听戏，外婆、母亲都是戏班演员，父亲则是位大戏迷。小小年纪的戴绮霞，每天清晨五点起床，吊索、练挂脚、双蝴蝶、拿鼎，学习毯子功，翻滚跌扑，加上喊嗓、跑圆场，扎扎实实地练功夫。十七岁那年，她到上海正式登台，一路从上海、苏杭，到天津、汉口、北京、青岛，都有她演出的舞台。

台湾光复后，有些戏院流行到大陆邀请名角来演出，当时新民戏院老板远赴上海邀请戴绮霞到台北演出，搭上太平轮；这群京剧演员，就在台湾开枝散叶，其中有演员沈海蓉的父亲沈连生，后来到电影圈发展的陈慧楼……同行的演员、文武场也在台湾教出许多梨园子弟。

绮丽舞台

一九五〇年代，戴绮霞也曾演出电影，甚至参与闽南语片演出。一九七五年她应聘到复兴戏校授课，从文武花旦到玩笑戏，她最为称赞的是跷功[1]。她说传承是最快乐的事，明华园当家花旦孙翠凤，也曾向她拜师学身段。一九八三年，她成立了戴绮霞国剧补习班，从上班族教到中学生，年年都有海内外公演。

二〇〇三年，她住进养老院，天天与青山绿树相望，日子悠闲自在。可是她从不闲散，清晨起来，诵经礼佛，早起练功，云手三十个，踢腿五十下，在老人院里还成立了"高龄国剧团"。二〇〇八年她九十岁，还戴上十公斤重的行头，扮演穆桂英，是台湾菊坛盛事。

那天访问她时，她一早梳洗打扮，精神奕奕地与我们谈天，记忆力极佳的她，俨然一部京剧活字典。养老院里有一间展览室，是她艺

自费出版的传记，记录了
精彩的舞台风华。

---

[1] 跷功是戴绮霞教书时，最用心传承的课程之一。跷是传统戏曲中绑在脚上的木制假尖脚，按结构分硬跷、软跷两种，她认为基本功要传承，曾编教材图示。

九十岁演出封箱戏，是台湾菊坛盛事。

术生涯的纪念："看看这些老人家没上台过，排练学习一下，都能上台演了！"她指着墙上学生们公演的照片，很开心。"经历了一生的演艺生涯，曾受梨园祖师爷保佑，但愿能活到百岁，仍能登台献艺。"她笑着说。

一定的。顺水顺风地搭上太平轮，风平浪静地在台湾开创出绮丽人生，戴绮霞从未离开舞台。

资料来源：戴绮霞自传：《绮丽人生》（个人出版）。

珍贵史料背后的人生

黄正华

一九四九年一月二十七日晚上，太平轮沉没。

据报载，同年二月二十七日，台北中联公司涌入受难者家属，还发生太平轮朱祖福经理向中航公司购买机票、企图离开台湾的事件。后来太平轮受难家属派代表监视朱经理，并请求第二分局立即将朱送入警局拘留。

四月二日《台湾新生报》载，当时留守台北市中联公司的员工龚兆敏，因与受难者家属严重冲突，被押入拘留所[1]。

从爱国战士到中联会计

事隔六十年，龚兆敏之子龚正华，仔细拿出父亲当年被押入拘留所的手札，与父亲早年在中联公司的服务证件，这成为寻找太平轮历史中极为珍贵的资料，也是太平轮事件中少数来自资方中联企业公司的珍贵文件。

黄兆敏在对日抗战时，带着一腔热血去从军。

---

[1] 《台湾新生报》1949.4.2。

統一意志

團結精神

青管字 第58526號

軍人讀訓

一、奉行三民主義捍衛國家，不容有違背遺忘之行為。
二、擁護國民政府服從設官，不容有虛偽背謬之行為。
三、敬愛長官保護人民，不容有違做粗暴之行為。
四、竭忠職守秉行命令，不容有延誤怠惰之行為。
五、嚴守紀律男敬畏次，不容有服成敷衍之行為。
六、團結精神協同一致，不容有散漫乖張之行為。
七、負責知恥，樂竹武德，不容有汚辱榮譽之行為。
八、刻苦耐勞，輕儉儉實，不容有奢侈評浮之行為。
九、注重體育參加俄寧，不容有荒怠遊惰之行為。
十、誠心修身信守信義，不容有卑劣詐偽之行為。

服役證書要則

一、凡志願服役青年返更劇期滿准候驗核役員者發給免服役證書。
二、偽造服役證書者以偽造文書論。
三、證書遺失時須登報聲明作廢並繳附費案。

姓名	黃兆敏
別號	
籍貫	浙江鄞縣 住址 寧波鄞縣南三里
出生	十一年十月十日 信仰宗教
入伍	卅四年五月一日 地點 江西廣豐
兵科	步兵
服役部隊	三○九師大三九團
	開始預備幹部教育 卅四年十二月一日
	完成預備幹部教育 卅三年五月一日
復員年月日地點	

黄兆敏青年服役证书。

黄兆敏预备军官证书。

　　黄正华记忆中，父亲在他小学五六年级时，告诉他太平轮沉没的片段，说起来就是几声长叹。直到父亲过世，他整理遗物时，发现了父亲的身份证与手札，才逐渐将黄正华的记忆拉回童年。在台北市双连区万全街的日式宿舍里，父亲告诉他在拘留所的苦。"太平轮沉了，一千多人丧生，公司忙着处理善后，太平轮的投保公司在事发后，立即宣布倒闭，中联企业公司忙着在两岸处理善后，台北公司只留下少数几名员工。"留守公司的会计——黄兆敏，就是长驻职员。

　　一九二二年出生的黄兆敏，在对日抗战时，放弃富裕的生活与中学教育，加入了"十万青年十万军"的行列——在战火弥漫的上海，参与抗卫工作，加入"三民主义青年团"。一九四一年，黄兆敏到宁波同乡开设的建中企业会计课任职，结识了后来到中联公司担任台北分公司经理的朱祖福。一九四四年十月十一日，蒋介石于重庆号召全国知识青年从军入伍，黄兆敏决定投笔从戎，当时已至中联企业服务的他在入伍前，于照片背后留下感言，显示他对中联公司的依恋与不舍，而成为难得一见有关中联企业公司的照片。

一九四五年五月一日，他正式入伍服役，投效陆军二〇九师。同年八月十四日抗战胜利后，于十二月一日，在杭州萧山接受预备军官教育，并甄审合格被授予预官证书。抗战胜利，团部奉令进驻福州，他乘江宁号回到老家，在一篇《无限乡愁何时消》的短文中，他提及当时回家情形是："船进甬江，欢声雷动，重踏阔别故土。"

一九四六年五月三十一日，全军奉令复员。一九四七年复员后，黄兆敏回中联企业继续任职。抗战胜利后，海运交通成了最热门的行

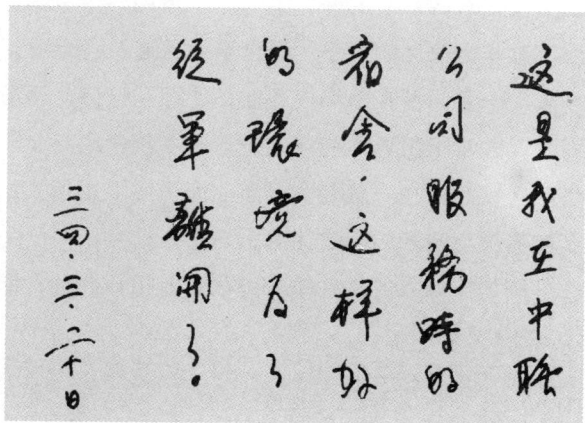

黄兆敏保有一张在中联企业公司宿舍的珍贵留影。

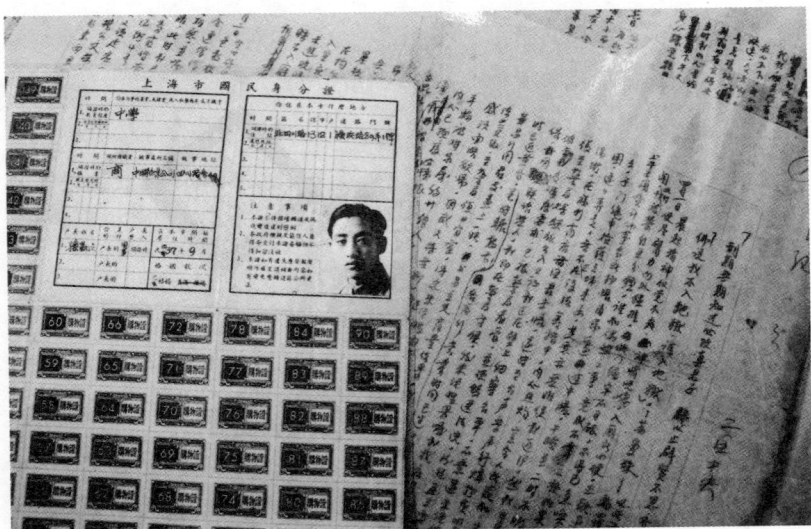

黄兆敏的上海身份证与手札、文件，填补了时代的空白。

业，许多公司开展上海至基隆的行程，中联企业公司大张旗鼓，买下好几条船，航行内陆台海两地。

中联企业公司船东多是宁波人，宁波因地处沿海，自清朝中晚期，宁波人便四处航海经商，上海话称之为"跑码头"。一八五四年开始，宁波人就向英国人买了第一艘商船，开始来往航运的营生。宁波更在一八四二年的中、英《南京条约》中被辟为通商口岸之一。宁波人素来是海运的好手，经营事业更遍及各行业。宁波老板常雇用同乡人，一旦同乡在上海成气候，便相互扶持，逐渐成为近代中国最大商帮，并常于租界地与洋人进行资本较量或商业斗争。曾任职海员工会的任钦泓，在一篇名为《航业海员界多用甬人》[1]的文章中，提及宁波船员与船东的历史渊源。

同为宁波人的黄兆敏在中联企业担任会计，深得公司信赖。在战

---

[1] 出自台北《宁波同乡》杂志的一篇文章。

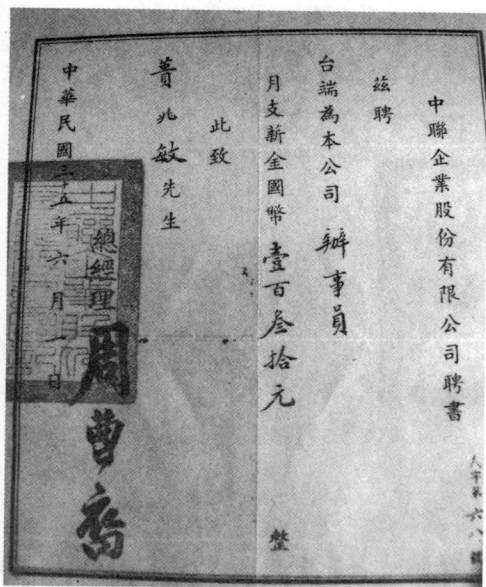

难得一见——中联企业公司员工的聘书。

后的年代，船运是很有前景的工作！一九四七年八月，他到台北安家落户。

太平轮事件发生后，总经理周曹裔留在上海，为防止台湾公司负责人朱祖福经理逃脱，受难者家属将之送进警察局留守，以静待开庭审判。镇日规矩上班的黄兆敏，独自面对家属责难却无法回应。四月一日傍晚，因为受难者家属与独自留守的黄兆敏发生争端，在混乱中与家属推挤造成伤害，当晚立即被送进拘留所。

那一段说不出的苦

在被送入看守所后，黄兆敏的日记记载的，与报上描述的地点与场景均有出入，但是大致可以了解：中联企业公司的负责人都不在，三十多名受难者家属冲进公司，大部分人因为公司处理延宕，使家属一家老小顿失依靠，而希望公司给予合理赔偿。但事实上，当时台北中联企业公司群龙无首，公司主管几乎都避不见面，黄兆敏形容当时大家"心已极度愤恨……遂大兴问罪之师，声势汹涌"，"在混乱中发生挣扎，而相互推挤"。他日记中陈述自己也受了伤，场面失控。

在黄兆敏日记中，开头是："刑期无期知过必改真君子，群以止群贤不思齐岂丈夫。""佛说我泄愤对象，我能成人受过，也是告慰死难旅客了，即使我无法去受刑，已无怨尤，只是我家计困难，家人亦无疑成为难属了。"

当时上海地方法院，已经受理太平轮受难者家属的诉讼，四月六日，提问生还者举证事发经过，没有人关心黄兆敏在看守所的情形，他既心急自己何时能重返自由，也担心公司的处境如何，是否能伸出援手。

> 最使人触目的是太平轮被难家属又在什么苛求了，彼等开会决定，若台湾公司在五天内无款数救济来，将拍卖生财与房屋，我真不知命运将要如何捉弄我？

四月八日，他接到检察官的起诉书：

> 我自接通知后，不起诉的希望灭绝，然心境也安定，只盼早日出庭解决就是了。

中联企业公司忙着与受难者家属打官司，受难者千人，繁复的诉讼过程，在战火巨响时，往往被淹没；大陆逃难潮大量涌现，大家也不可能关注区区一个船公司的会计，黄兆敏就在看守所里备受煎熬，三周后还是没有自由，无人理睬。他在最后一篇日记中写道：

> 十九日律师是来访过我，不知这个星期应该有些什么办法，或者能出狱吗？即使暂时不能出去……外面对于渡江的消息，也

给利以最大的剩战[1]，看样子渡江是必然，仅时间上问题，但只
苦我不能回去了，然则出狱后，经济又连遭此困难，以后的生活
真不知为何模样哩！

　　日记中，贲兆敏还详述了在拘留所中失去自由的心境及同伴们的生
活细节，可惜只记载了四月初进去与第一个月的状况，之后太平轮官
司、贲兆敏最后的出庭及中联企业公司的处理，都没有进一步的记录。

　　不过贲正华提到，父亲与他闲聊时曾谈过，当时警方也是基于保
护他，而将他留置在拘留所中。因为中联企业负责人在上海，两岸局
势乱，政府忙着战争，国民党军连连败阵，台北中联企业群龙无首，
也不是他能够处理的局面，如果让他出去，怕再有事端。

乱世中文艺青年的商旅人生

　　贲兆敏返家后，"中华民国政府"已正式迁台；十月一日，毛泽
东在北京宣布中华人民共和国建国。中联企业公司不堪赔偿，形同倒
闭。贲兆敏与上海、宁波的家人失去联系，也面临生活无着的困境。

　　一九五○年六月二十五日，朝鲜半岛暴发冲突事件，美国六艘驱
逐舰与两艘巡洋舰早就守候在台湾海峡，除了军事援助，也展开了美
援年代。直到一九六五年，美国供应了十四点八二亿美元的物资、贷
款给台湾，占台湾资本形成毛额的百分之三十四，稳定了国民党与台
湾的发展。

　　随之而来的美军顾问团，从一九五一年到一九七八年十二月，带
来了两千三百名美军及其眷属，为台湾社会带来了生活新貌。平日自
修英文的贲兆敏，也就在台湾举目无亲、失业的日子里，靠着一口流
利的英文，在朝鲜战争暴发后，游走美军顾问团，买卖起二手电器；

---

[1] 原文如此，抄录。

进口冰箱、音响、冷气机、收音机、微波炉……只要是从美军中流出的电器，他都能自己修好、整理零件、重新组装再出售。

黄兆敏手头稍有资金时，也与宁波同乡共同投资了两家渔船公司，分别是"万里"及"国光"，共有四条六百吨的铁壳船，从事远洋渔业。

黄正华形容父亲是个文艺青年，只是生在乱世。经过太平轮事件，"父亲非常沉默，只活在他的世界里，从不交际应酬，很少朋友，唯一的兴趣是听古典音乐及音乐会"。黄正华从小就陪着父亲聆听各种唱片与音乐会，让乐音在身边流动；长大后，黄正华选择进了音乐系，并在联合实验管弦乐团担任小提琴手。离开乐团后，他成为小提琴名师。

父亲过世后，除了留有早年上海身份证、当时消费券与中联公司工作证件、手札外，最多的是从一九五〇到一九八〇年代间，国际学舍的大大小小音乐会音乐单与无数的黑胶唱片，还有父亲从小为他拍下的八厘米纪录片和照片。直到今天，黄正华还在整理父亲早年留下的资产，像二〇〇八年在北京奥运主场开幕演出的 Cincinnati pops orchestra（美国辛辛那提大众管弦乐团）指挥 Erich Kunzel（康泽尔），就曾在一九六三年到过台湾演出。黄兆敏留下的节目单中，康泽尔正值少年；一九九三年他再到台北演出时，已是大指挥家了，黄正华还请他在父亲留下的节目单上签名。此外还有林克昌一九七八年录制的《梁祝协奏曲》第一版黑胶唱片；二〇〇八年，黄正华曾经拿着这张唱片，请八十岁的林克昌签名，并告诉他父亲对音乐的狂热。

"如果父亲没有经过太平轮事件，会是个很好的艺术家、音乐家！"黄正华说，"父亲的人生如果重新再来，应该是位很好的乐评人、极受敬重的古典音乐主持人吧！"

黄兆敏流利的文字与中联企业公司的证件，是台湾少数能印证太平轮事发后情形的极珍贵资料。浙江宁波大学在二〇〇九年十月，在校园内成立宁波博物馆，也邀请黄正华展出他父亲的资料与照片。

善心的安平百货

朱士杰

贸易商的善心

太平轮沉没，让许多家庭顿失依靠，有些善心人士发起募捐、义卖，希望能让顿失经济来源的家庭有能力再站起来。事发后，一位来自杭州的贸易商朱雍泉，甚至买下了一家百货行，更名为安平百货，为太平轮受难家属提供工作机会，让他们得以有生存能力并照顾家小。

朱雍泉之子朱士杰整理家族资料时，从曾祖父朱湘生留下的日记中，见证了当时成立安平百货的情境。战后台湾物资需求量大，当时经营合众贸易公司的朱雍泉，与父亲、长辈一家，早早来往台湾、杭州两地，从事两岸贸易。后将资产移往台湾，但求局势稳定后，再将家族带来台湾落地生根。

太平轮事发时，合众贸易公司的员工——德灿一家妻儿与弟弟都在船上。朱湘生在一月二十九日的日记中写道：

> 德灿昨夜宿于此，因昨午后到基隆，即知昨夜太平轮与他轮互撞被沉消息，于知该轮船公司已得有沪电，德灿得此消息，知其夫人及弟均沉没于此轮之内，悲伤不堪念状，昨夜到台北，即宿合众今早即出去，心甚不安。
>
> 太平轮撞沉消息已见报端，德灿即拟返沪，飞机票买不到，来此整行李。

从日记中的描述可知，德灿是朱家经营的合众公司聘请的建筑师，在太平轮上遇难的弟弟，已经应聘到合众公司担任会计；心急的德灿，在一月三十日下午搭机，由同事陪同前往上海处理善后。

从朱湘生日记中，可以看出一九四九年的商业活动来往，如日记中细数之生活往来、朋友餐聚，及三轮车车资、赴上海机票价格……甚至连当日气候都详加记载，还都是毛笔工整字体。在尚留存的少数日记中，朱士杰的曾祖父巨细靡遗地为一九四九年的常民生活留下珍贵记录。

台湾从光复后到一九四九年间，物价涨了七千多倍，台湾银行以法币（后来改为金圆券）做发行准备，旧台币与金圆券间采固定汇率，造成法币及金圆券在大陆上恶性流通，引发了台币恶性通货膨胀[1]。

在朱湘生日记中记载，看一次医生是一千元左右，两张由台北往上海的飞机票是七千元，还有描述当时金饰、金价气势直上、美钞日日跌的记录。

> 安平百货店，定二十日开幕事，伊则苦认招经理无人，一切职员尚在招考，货式正在购记中，二十日不及开幕，似与龙孙所说不相符，伊两人不计商讨一致，……

安平百货公司

朱士杰回忆，父亲曾提及：当年太平轮的受难者有许多是青壮年，留下的家属多半没有生存能力[2]，也没有工作机会。有些罹难者家属到中联公司哭闹，要求理赔金，但是谈不拢，便占据中联公司（应位于今日重庆南路与博爱路口，约在前中正书局旧址旁，靠近总统府）。

他说原本父亲手头有些资产，因此便与其他公司同仁决定，买下中联公司的房子，在原址开设"安平百货公司"，意即安抚太平轮罹

---

[1] 见《快读台湾史》，作者李筱峰，玉山社出版。

[2] 当时太平轮乘船旅客，大多是男性青壮年，都是一家之主，也是经济主要来源，罹难后留下孤儿寡母，大半没有谋生能力，如李昌钰、张昭美、张昭雄、邓平、赵锡麟等家庭，都是母亲带着一群子女，做裁缝、小生意或到工厂当女工，含辛茹苦把子女带大。

在上海地方法院留存诉讼书中曾提及："本件原告人等亲属，云亡财产荡然，因此次赴台乘客，多系含避难性质，所有现金及有价值之财务，均随身携带，同葬海底，生存者均系老弱孤寡，饔飧不济。"

"……兹原告等家破人亡，大多数人无依无靠，若不为假执行，则数百老弱妇孺生活，顿将告绝。"

朱雍泉在报纸上刊登安平百货开幕广告。

难家属之意，让家属有工作。有些人被安置在以前中华商场的位置摆摊子（当时中华路还没有中华商场）[1]。

> 龙孙昨夜十一时如归，为被难家属又来吵闹，将至陈江律师请教，回言明下午来商谈事并不急，何必夜间去此其事，先无思索为此，同龙孙、元照至合众，因休息两日，到期款叠起，事较繁[2]。
>
> 合众三时许，龙孙同郑、陈二君来，为安平行货将售，请拟同二君至基隆记货，即向合众取新台币五千元即坐汽车前往安平，生意甚好，二十日二千元、廿一日三千元、廿二日三千元、廿三日二千元，是口有两今日上午止已到一千五百元云，志宸至安平，另余买棉毛衫两件。
>
> 夜饭后坐车至安平睡，逸龙、元照及两店友两人一姓朱一姓□女职员四人，茶房一人，涵学生一人，全口共做三千元，五

---

[1] 中华商场是一九六一年国民政府为收容来自各省新移民，而在纵贯沿线用竹屋搭起的商场，后来拆掉，建成了八幢三层大楼的商场，有一千多家店面。

[2] 据朱士杰注释日记，"龙孙"指朱雍泉，"逸龙"是合众贸易公司经理。"合众"是朱家经营的公司，"安平"指安平百货。

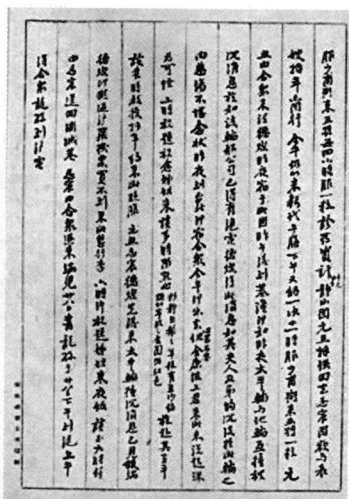

朱士杰从祖父日记中，读到父亲
创立安平百货公司的细节。

日生意共做壹万三千约元，龙孙等因赴基隆记货。[1]

在日记中，也见到当时安平百货营业业绩，与太平轮家属仍到安平百货现址吵闹的状况，记载朱雍泉将与律师讨论。据当年安平百货的广告显示，百货中多是卖衣服及袜子、棉衫等。朱湘生的日记中提及，百货行多是到基隆批货，但是在物价波动的年代，批货的价格一日数变。"昨夜十时，系龙孙由基隆回货，价已涨，照前原价系不肯卖，仅配为货二千约元。"

一九四九年十一月二十日安平百货开幕；五天后，朱雍泉却被告发是经营地下钱庄，安平百货无法经营，宣告倒闭，朱雍泉也随即入狱。

朱士杰在父亲晚年，陪伴病榻，发现父亲并不太想谈及过往。"有些事或许他也不愿意说，或是保留了些。由于家父后来坐了十四年的政治牢，所以对于暴起暴跌的人生，也不太对我们说，因为也没

---

[1] 个别字句语意不详，原文照录。

朱雍泉（右一）与友人合影。

有意义，失去的财产都被特务拿走，文件资料也被抄，他也无从证明自己失去的东西。"

后记：朱士杰与妻女家人这几年移居台东，在生活中身体力行对土地、环保、文化的关爱，自行发电、力行推广有机农业，拍纪录片。

资料来源：朱士杰博客 http://tw.myblog.yahoo.com/sidneychu-wahaha/article? mid=1010&prev。

记忆拼图

——太平轮人物故事三

舟山群岛的记忆拼图

杨洪钊：冥纸在空中飞着，我就一路掉眼泪呀！

　　住在台北市东区的杨洪钊，在沉船事件中，丧失了妻子与幼儿。事情发生后，他立刻奔向上海，在农历年冒着寒风、坐着小船招魂，甚至大胆抢滩到附近小岛的渔村询问，希望奇迹发生。

　　他记得出事第三天，他与心焦的家属们到了失事地点——白节山附近，看见太平轮烟囱仍在海面上，伴着浓烈的油味。他们租了渔船，孤零零地在海面游走。

　　"风浪好大！天冷，我们没有救生衣，小船不能靠岸，我们跳下船，涉水到岸边去问。"那时候船难刚过，海面上经常漂浮着箱子、衣服、篮子，有些渔民趁机在海面上捞佛像、衣箱等杂物。他们见到岛上渔民，询问有无看到沉船或相关线索，有些渔民就拿出海上捡到的箱子，说："你们拿回去好了！"杨洪钊说："我们还要给你们钱，谢谢你们呢！"

　　"我们在船上撒冥纸、招魂，风浪大，船冒着风浪，我们一面叫着亲人的名字，冥纸在空中飞着，我就一路掉眼泪呀！"

　　四五个男子轮流摇桨，在太平轮失事地点，来回寻过三天四夜。杨洪钊回到上海，在妻子娘家为妻儿作忌，与诵经的亲人一起守灵。头七那晚子夜，看到妻子牌位幡布掀起，他感知妻子舍不得离开人

杨洪钊曾经与太平轮受难家属，一起向中联企业公司提起诉讼。

世，哭喊着妻子的名字，心痛生死离别的苦楚。一起诵经的亲人安慰他："不能哭，不能不让她走呀！"忍着心中淌血，在火盆前一面烧纸钱，一面也将泪水与不舍都烧给妻儿："一路好走呀！"

"直到鸡叫，我们才念完经。"杨洪钊眼眶泛红，"都那么多年了，我孩子们说不要接受访问，不要再提了，我藏在心里快六十年了，我不说心里难过呀！"嘶哑的声音，响在冬日午后，雨轻轻落下。

在台湾，杨洪钊再娶妻生子，每年的一月二十七日，第二任妻子总会替原配作忌、上香诵经。直到这些年，第二任妻子也离开人世。"这么多年过去，我老了，一切就从简吧！"不过到现在他还是每年在这天，为妻子供上一碗面。

杨洪钊也是在上海与常子春、齐杰臣等一起向中联企业公司提起诉讼的受难者家属成员之一。一九四九年三月二十九日，他回到台湾，与受难家属们合请律师继续诉讼，并举办追悼会。一九五〇年设立一纪念碑，素雅地矗立在基隆东岸码头，每年一月二十七日，仍有些受难家属会到纪念碑前祭拜，不过杨洪钊再也没去过基隆码头。

太平轮失事现场——白节山。（陈玲提供）

姜思章：父亲在海面救人

太平轮沉船地点在浙江舟山群岛的白节山附近。舟山群岛是中国浙江省东海水域内的一个群岛，有大小岛屿一三九〇个，连水域总面积二二二〇〇平方公里，其中陆地面积一四四〇平方公里，共区划为定海区、普陀区、岱山县及嵊泗县四个县，总人口一百零三万。

太平轮与建元轮互撞沉船的失事地点，就在群岛海域，北纬三十度二十五分，东经一百二十二度的白节山附近。两轮之失事地点，据当时江海关海务科公告，建元轮沉没于白节山及半洋山之间，太平轮则沉没于白节山灯塔之东南方，约四海里半。事发之后，附近许多渔家都出动到海上协寻或打捞物品。中联企业公司及受难者家属，也都曾雇船赶到失事现场，寻访可能的生还者。

生长在舟山群岛岱山县的姜思章，当年十三岁，事情发生那天，正是民间的"小年夜"，他记忆犹新。依舟山人的习俗，出门在外的人，都会在这之前回家准备过年。

可是这年，我家渔船迟迟未归，家人正担心时，渔船于除夕时返回，父亲进门后说，在返航途中，见海面漂浮货物、木材及落海之人，他及船员合力救起数人，因天气寒冷，船上又无多余棉衣，只能将救起的人脱光衣服，钻进船员的棉被中保暖，将船赶快驶到一岛上，交给当地有关单位，然后再返航回家。

邻居陆家的渔船，也在这时返回，先将船锚停在海滩中。到了深夜，趁退潮后，将在沉船附近海域所捞获之棉花，一大捆、一大捆悄悄地运到家中，不久又转移到岱西农村隐藏。因为邻居与我家仅一墙之隔，搬运过程中，动作与谈话，他们虽压低声音，我家仍听得清楚[1]。

---

[1] 见宁波同乡会《追悼太平轮沉没六十周年》，作者姜思章。2009.5。

姜思章至今仍依稀记得，太平轮沉没后，海面漂流很多木箱、物品。舟山群岛渔家曾纷纷出动搜寻，结果如何却不得而知。当时他还庆幸自己及家人未受祸波及，没想到次年他未满十四岁，就在上学途中被国民政府军队捉兵捉来台湾，来不及与父母告别。三十年后，他穿着"想家"的T恤，站在街头请愿。他是"老兵返乡"运动的发起人，迫使蒋经国在一九八七年十二月开放两岸探亲。

据煮云法师在《南海普陀山传奇异闻录》[1]中提及，太平轮事发后，一位渔民在海上捞到一具女尸，身边脚边全是金链子，渔夫发了大财。于是附近渔家也都想在海上找到值钱物品，大发黄金梦。

一天，一包包得紧紧的东西顺着海浪漂来，渔民们都很兴奋，以为是沉船宝物。两家渔民赶快捞上船，打开一看，既不是珍珠黄金，也不是宝玉，而是一尊重达二十公斤的藏传佛像！大家都觉得这是神迹：重达二十公斤的佛像，经过船难，不会下沉，还漂到了离失事地点很远的岱山。最后这尊佛像被请上普陀山供奉，吸引很多善男信女天天焚香顶礼来膜拜。

船难打捞现场与民三〇五号轮

沉船灾难发生后，太平轮受难者家属代表一共十人，赶赴上海。招商局也派出海川轮加入搜救行列，船上有储粮、打捞夫十四名及五名受难者家属，另五名留在上海与中联公司交涉。事隔一周，大家对舟山群岛仍怀抱希望，因为有生还者回到上海说："还有生还者在岛上。"[2]

一度传言舟山群岛尚有许多生还者，由于幅员海域广大，有大小一千多个岛屿，大家仍怀抱希望。事发当时中联公司派出海川轮到失

[1] 见《南海普陀山传奇异闻录》，作者煮云法师，星云法师曾为文写序。
[2] 《台湾新生报》。1949.2.1。

事海域搜救，并租用小帆船到附近岛屿上岸搜寻，但是在各岛发现的行李、身份证件不多，而且没有发现任何旅客。

除了海川轮，中联公司也租用了中央航空公司飞机，由公司及家属代表一起到失事现场搜寻。专机低飞贴近海域，除发现海面漂有大量的黄黑色油渍长约十数英里外，后来在一极小灯塔岛边，看见有一沉轮的桅杆露在外面。海川轮曾在此登岸大量发散传单，飞机也再三盘旋侦察，岛上没有反应，飞机只好折返上海。

舟山群岛渔管处也通令各渔船，出海捕鱼时，注意并协助打捞海上漂尸；还有熟悉舟山群岛海域的船员告诉记者，附近小岛只有少数人家居住，但是治安甚差，太平轮失踪旅客可能没有生还机会[1]。

招商局派出的第一艘搜救船——民三〇五号轮，在出事现场写回来的报告中指出：

> 廿八日下午八时抵大戢山，因天黑无法工作，乃决定停泊，廿九日晨五时启航抵白节门，七时余即鸣汽笛，无动静，嗣改航佛兰克林礁，沿途每隔五分钟作信号一次，其时风平浪静，且适值退潮时期，仅见燃油漂浮水面。
>
> 后遥见白节门中，有小舢舨，乃折回探问，据该舢舨上渔夫谓：渠等曾于廿七日晚间，在陆上见一轮船，沉于白节门水道中，当时有救生舢舨放下，小孩女人之啼哭声音，亦可闻及，并见灯光甚亮，时受退潮影响，各舢舨无法抢至白节门登陆处等云。
>
> 继又出航巴来岛，下三星灯山，佛兰克林礁等各岛间，为寻人及浮物起见，除随时注视外，并施放汽笛，惟仍一无动静。在白节门外二三浬之距离，及佛兰克林礁附近，有船用燃油浮于水面，间或可见啤酒瓶箱。嗣在回程潮水告涨，白节门水道亦可见油迹。当往返各处航行视察时，曾见海关有景星艇，在半洋

---

[1]《台湾新生报》。1949.2.4。

山与白节山之间，下锚互通消息结果，得悉渠等亦为探测沉船位置。至上午十时，所有应航视察范围内，均已工作完毕，回航返沪途中，在大戢山附近，曾遥见一舱口板浮于水面。[1]

零散的拼图：朱顺官、陈玲

太平轮沉没不久，国共战争局势紧张，许多军队一一撤往台湾。当年只有十四岁的朱顺官参加了幼年军，坐着撤退的军舰，由上海出发，经过出事地点附近，看见一截半露的烟囱："大家说：快来看哪！那是太平轮。"同学们都挤到甲板上探头张望："有人谣传太平轮是被军舰击沉。"

"那时候我年纪小，当了少年兵，跟着军队就到了台湾。"空军上校退伍的朱顺官，后来再想起太平轮船难，仍会感受到战争的残酷无情。

位于舟山群岛的浙江海洋学院访问学人陈玲，二〇〇九年三月到达台湾，她以半年时间，在台湾做交流和研究，主要是做"一九五〇年中旬国民党军舟山撤退以及舟山籍老兵"课题；另一有兴趣的话题，是了解至今仍沉落舟山群岛海域的太平轮船难事件。她说：民间曾经有太平轮是一艘黄金船的传闻，因为当年确实有大量的黄金从海上运往台湾，所以产生这样的联想也是十分自然的，而产生这样想法的关键是来自两个方面。

一是在白节山灯塔，有人发现了一张关于太平轮的无编号、无年份、无作者的文字卡片，其中记述了太平轮沉没时的情形，并提到太平轮上有黄金。二是一九九四年六月的《中国海洋报》和一九九四年五月的《舟山文化报》，分别刊登了署名为叶尔的文章《一九四九年，一艘黄金船沉没在舟山海域》，而事实上该文是抄自某文献中的人物回忆录。

---

[1] 见上海档案馆资料。

来自舟山群岛的姜思章（右），浙江海洋大学学者陈玲（左），补全了太平轮事件的拼图。

　　舟山市有关单位曾经对太平轮船难事件做过调查与研究，调查报告中，对于太平轮是黄金轮说法的结论是："道听途说，难以为据。"

　　陈玲透露，早在六十年前，已经有固定船班往来基隆与舟山群岛之间。一九四九年十月四日，"海汉"客货轮从舟山群岛的沈家门港直放基隆。一九五〇年三月，"沪广号"客货轮从沈家门行驶基隆；同年四月，"海津"号轮又从沈家门开往基隆；五月七日，"沪江"快轮也加入该航线运营，直至一九五〇年五月中旬。而舟山群岛的定海港至基隆也有"海平"轮，一九四九年十月六日，海平轮从定海直放基隆。

　　远方渔火点点，船过无痕，岛屿在远方堆叠成虚空阴影。一甲子过去，太平轮沉船的神秘过往，只剩少许老渔夫，仍有零散的记忆。

送张桂英回家

初春，空气中仍有着冬日的冷冽，夹着黄泥的浪花，打在轮渡船身，激起水花飘散。阴霾多雾，轮渡上大部分是附近岛屿的居民，日常生活用品如吃食、米粮、纸箱、竹篮等随意堆着，老旧电视有一搭没一搭地播放着陈旧的影视剧，装扮过时的男女主角夸张地表演着。船上有人嗑瓜子，有人泡上一杯茶，有人端着一碗面呼啦地吃着。船晃动得厉害，有人就沉沉睡去。

我的心却老早飞到长涂岛上。

短短一个小时行程，却老嫌慢，终于船靠岸了，远远地看见岸上一位身影伛偻瘦弱的老人，正在殷切等待。"我等你们，等了六十年了！"是呵！如果没有二〇一〇年海祭，也就没有这段长涂岛动人的承诺。

二〇一〇年一月中华太平轮纪念协会筹备处成立，太平轮受难家属们决定要去舟山群岛，在当年失事海域，为六十年前的受难者举行一次海祭。四月份在舟山接受《舟山日报》访问，见报后去舟山台办会面拜访，一大早这位张处长抽着烟，面色凝重地说："谁让你接受访问的，不准接受媒体访问。"心中正难过着，下午就接到一位女士的电话："快来呀！我们这里有人救起过太平轮的生还者，可惜没活，她的坟还在，陈老先生还见过她！"

在正式海祭之前，我们决定走访一趟长涂岛，岸上等候的陈远宽是这次的主人翁，替他打电话的是他的邻居孙姗荷。"我常常听他说太平轮的故事呵！那么久了，老人家都放在心里一辈子了！"抽着烟，眼神飘向远方，六十一年前的陈远宽还是位十多岁的少年，父亲是位老船长，那年过完农历年，家里的鱼都吃完了，大年初二，陈远宽的父亲带着村子里的人出海打渔。海上遍是油污残骸，四处漂散着行李，他见到一名女子，还有微弱呼吸，身上都被油污包裹，陈远宽的父亲与村民将她拉上船载回家中。"在海上泡着好些天了。"当年岛上没有通讯设备，大家也从其他渔民口中知道发生了太平轮事件，船沉了，没有几个人活着……在通讯不发达的年代，长涂岛的渔民们只知道要把人救活，在找到这位女性时，他们还发现了一名分不清性别的浮尸，也一并带回村子里。"对打渔人来说，在海上出事率很高，如果在海上看到无名尸，都会一并带回来安葬。对当地人说来这是宝贝，因为他们都知道哪一天自己遭遇不幸，也有人会用同样温暖的方式送他们回家。"同行的岱山台办毛主任解释。

那天陈远宽带着我们一路寻访张桂英的墓，长涂岛在过去是明朝大将戚继光抗倭寇的军事重镇，我们下船的码头"倭井潭"就是戚继光驻足处。从倭井潭到陈远宽老家，还得摆渡到对岸。原来长涂岛有大小长涂岛之分，平日居民都得靠搭轮渡到其他的岛屿访友办事，大小长涂岛就得靠一小时一班互开的摆渡来往。如今岛上多是老人，年轻人都外出到大城市谋生工作。

回到大长涂岛，台办安排的车载我们一路往东剑村走，陈远宽大部分时光都在东剑村度过。六十一年前他只有十五六岁，父亲与村民把尚有气息的女子抬到家里。"泡在水面太久，身体都凉了。"大家忙着替她包裹取暖，起火为她暖身，希望能让她延续生命。"她头发卷卷的。""穿旗袍、高跟鞋，是城里人！"在东剑村的老人活动中心里，大家争着说着六十年前的往事。

有些长者早年跟着陈远宽的父亲出海打渔，也一起把人救上岸。这么多年过去了，他们都记忆犹新，全村的人都来看这名女子。在物资缺乏也没有急救设备的年代，他们竭尽心力，希望能温热这位女士的躯体。从小年夜到大年初二，在寒冷的冬日，长时间漂浮在海面还能活着，已经是奇迹。据东剑村长者们的回忆，这位女士大约三十多岁，长得面容姣好，着旗袍、高跟鞋，身上还有证件写着"张桂英"的名字。但是在陈家没有几天，这位女子过世了，陈远宽的父亲将她与另一名浮尸面向大海埋葬，立了两座坟。

来年，父亲过世。临走前，父亲告诉他，要记得寻找这位张桂英家的后人，让她能够回家。"这么多年来我都一直放在心里，可是去哪里找她的家人？"在太平轮事件之后，几乎没有太多消息。陈远宽一如舟山人的世代传承，也继承了父亲的工作，成为渔船船长，在海上漂泊，看着日出日落。随着年龄增长，子女成家立业，他回到东剑村养老，但是他并没有忘记要送张桂英回家，常常与邻居老朋友们谈着六十一年前的往事。

《舟山日报》于二〇一〇年四月下旬刊登了太平轮受难家属即将举行海祭的新消息，他急着让邻居孙姗荷与我们联络。"一定要来哦！"电话中他急切地陈述了从少年时父亲叮嘱过的愿望，而张桂英也像个谜样的人物，在这个村落中流传了六十一年。

为了让我们上山看看张桂英的墓，陈远宽早早期待着，也带着村中的邻居们一起到山上去整理张桂英的土坟，砍树枝，找路。"有空我们都会来烧炷香。"一甲子过去，陈远宽从没有忘记要替张桂英寻找回家的路。五月份探访东剑村，他领着我们，"很近，很近"，从东剑村老人活动中心到海边，还得二十分钟车程。抬头一看，过去的山间小径，已经是一片丛林，杂草漫漫，看不见路在哪里。下午的阳光热情，一路灼烫着我们的脸、我们的心。开始攀岩，抬头是白云蓝天，往下望去是无际大海。陈远宽说早年他们的船就停在岸边，如今已是一大片湿地，附近居民还在这里放牧山羊。

攀岩是沿着海边岩石往上走，没有绳索，就来个手脚并用，只是千万不能回头，一回头就是百年身。山头的老树枝丫，已经看得出岁月，当年没有墓碑，就凭着记忆，找到这两座土堆。陈远宽与邻居们，一人一把镰刀，身手灵活，早早就爬上山顶，把附近整理出一片平地。六十一年前海崖下是一片港湾，港湾不复存在，原来地形地貌已经改变，当年陪着父亲处理张桂英事件的少年，如今也已是七十多岁的老人。早年这里需要从后面的路走上来，还可接到他们的住处，如今路都没了。村中的老人热心地引领大家，也一并向着大海遥望。

陈远宽带着大家祭拜两座孤坟，一个藏在心中一甲子的期待终于有机会说明白。他说：最希望能找到她的家人，把张桂英带回家。

回到台湾，找出六十一年前太平轮购票名单，上面并没有张桂英的名字登记，推断她应该是非正式上船的旅客。没有名单，没有年籍登记，如同大海捞针，谁也不知道她是与哪些朋友、家人一起上船的。在台湾或者大陆，她还有亲人吗？或者她的家人都已在那艘船难中失踪？但是陈远宽守住一甲子的承诺，却是令人动容的真情守候。在一甲子过后，这样的承诺，却因为海祭而呈现，似乎是一种召唤。

黄昏夕照，将海面照耀得霞光灿烂，山顶上绿树成阴。初夏，鸟声悦耳，风平浪静的海面，很难想象太平轮失事的深夜，整片海域在悲恸恐惧中度过。两座孤坟就静静俯视大海，期盼一条回家的路。

张桂英的坟前，陈远宽与孙珊荷心头挂念六十多年前的往事，总是希望有张桂英的亲人可以送她回家。

来不及道别……

太平轮船难，在上海中联企业公司的购票名单中只有五〇八人，但是实际上船的旅客，远远超过这数目，非正式统计有超过千人以上。据上海档案局留存的证词中显示：送港口司令部之名册，不能作为船上实际载客标准，因开船前挤上船的旅客及买票人所带的小孩等，都是不会列入名册内的[1]。

许多买黄牛票与临时上船的旅客及幼儿的人数，就成了传言中可能沉入大海的千余条生命。

这一千多条生命，曾经是轰动一时的世纪悲剧，多少人因此与家人、亲人、爱侣天人永隔。在过去，六十年的往事，几乎不被社会所记忆、唤醒，这些年随着《寻找太平轮》纪录片的播出，在报章杂志中，开始找寻到更多的生命纪事。

导演王正方在一篇文章内提及他哥哥同学一家：父亲先到台湾工作，妻子、儿女随即再来团聚。但是船一沉，只剩下他一个人，面对空荡荡的房子。

> 刘伯伯那年大概只有四十多岁吧，看起来很没精神，佝偻的身躯背对着窗子，他多半是用单字来答话：嗯、对、好。下午的阳光慢慢在移动，最后照在刘伯伯的后脑上，花白的头发给晒得像是一根一根竖立了起来。他突然使劲地搔了一阵子后脑勺，头皮散在一束阳光中不断的跳跃、扩散。[2]

王正方回忆，哥哥有两个好朋友，在北平都是好同学，约好一起到台湾再聚。三家爸爸都到了台湾，哥哥同学刘一达及母亲却搭上这班船。哥哥与另一位同学，常约着去看望寂寞的刘爸爸，那时他们分别是中学、小学的孩子。长大后，王正方与哥哥都相继出国念书，长

---

[1] 据上海地方法院诉愿案之罗家衡律师言。1949.4.6。

[2] 见《联合报》副刊《我的一九四九》，作者王正方。2009.2.18。

居美国，"也不晓得刘伯伯后来怎么样了"。

洪兰在一篇文章中也曾提及阿姨一家葬身海底，表哥因为跟着她的父母先到了台湾，躲过一劫。

> 民国三十八年，在台湾海峡沉没的太平轮上面有我阿姨一家，它的沉没，使先随着我父母来台的表哥，永远见不着他父母的面，成为孤儿。现在表哥也垂垂老矣，一晃五十多年了，在这岛上造育了很多英才，为这个岛的繁华贡献了他的力量。[1]

与常子春家人同行、准备到台湾的赵襄基，在回教协会中，是白崇禧的左右手；太平轮事件后，留下父亲、妻子及两名子女。他的幼子赵锡麟，从小跟着高雄清真寺元老的祖父，以寺为家，参加经学班，研读经文。他的表妹丁酉玲形容这位表哥很会念书。赵锡麟母亲在船难后辛苦持家，在被服厂工作，养活一家人。

赵锡麟后来远赴利比亚求学，在沙乌地阿拉伯获得麦加大学伊斯兰学博士学位，也曾在利比亚大学任教，担任过台北清真寺教长，是台湾少见的伊斯兰学精英，目前是台湾"外交部"派驻利比亚代表。

已去世两年的香港女首富龚如心，胞弟龚仁心在一个记者会中首度披露，父亲龚云龙死于一九四九年震惊中外的太平轮船难，也真情剖白父亲早逝后，四姐弟妹与母亲在逆境中互相扶持，建立深厚感情。

当年，龚云龙服务于一家上海英资油漆厂，妻小在上海，他搭上一月二十七日的太平轮头等舱……[2]

在一千多个生死别离的故事中，有多少家破人亡的惨剧，有多少尘封的记忆未被开启，难道就这样选择遗忘了吗？

---

[1] 见《联合报》副刊《免于战争的恐惧》，作者洪兰。2005.1.31。
[2] 见香港《东方日报》。2009.4.3。

细读旧日档案，连续多天，各报访问了一些到中联公司了解状况的受难者家属：有先生与儿子都在船上的妈妈，痛哭失声，家里只剩她与两岁的小儿子；也有一位年长的父亲说："我的儿子，不死于战争，不死于病，却死于船难！"

记者问一名单身女子，船上有什么人？"丈夫。"说完就大哭起来。

一位太太与小女儿一起到失事现场，丈夫与三个儿子都遇难，她在现场守候多天，小女儿说："姆妈弗要哭！姆妈弗要哭！"自己却大哭起来。[1]

长住海南市的王祖德的联系方式，是在近期由大陆朋友热心提供的，他是王毅将军的后人，一九四八年出生。太平轮出事时，他只有几个月大。母亲是国大代表，一九四九年正在南京工作，面临内战情势，王毅将军原是要到台湾与台湾籍妻小会面（王祖德说是二妈），却因为太平轮沉船而离世。母亲也来不及带着他到台湾，便回到海南，开始了风风雨雨的日子。

十七岁时王祖德下乡，开始从事农业技术工作与农业推广，畜牧工作伴一生。母亲谈到太平轮、谈到父亲总是长长地叹口气，王祖德对父亲更是模糊。八十年代后期，两岸往来频繁，许多父亲的学生与旧部属到了海南，看见王祖德都会惊呼，称与王毅将军是一个模子刻出来的，声音、说话的神情及面孔都很像。而他的母亲直到一九八四年才摘去"反革命"的帽子。王祖德期待有一天可以到基隆太平轮纪念碑，深深地一鞠躬。

在《太平轮一九四九》繁体版出版后，我又接到住在台湾桃园的孙全堂来的电话。当年他的父亲是山东莱阳县的教育局局长，之前先把妻子、家人、父亲安排到了台湾，他最后从山东撤回台湾，却搭上悲剧之船，留下一家老小在台。孙全堂回忆当时祖父年迈，母亲不识

---

[1] 《台湾新生报》1949.1.31。中央社上海。1949.1.30。

字,很难在台湾谋生,又拖了大大小小的幼儿,最后流落街头,生活顿无依靠。尚在襁褓中的妹妹,就因为母亲没有奶水,也没有钱买牛奶,活活饿死在台北街头。

即使孙全堂已经年过七十,想起悲苦童年记忆,母亲带着一家老小流浪台北的哀痛,仍在电话那端号啕大哭。

一家人散居天涯海角

相较于其他太平轮受难家属,张祖华的故事更具传奇色彩,这是天津的聂虹写信告知我,她人在纽约的表姐张祖华的故事。张祖华的父亲张煌本名张鸿基,任职香港《工商日报》记者,母亲张鲁琳曾担任天津《益世报》记者。国共内战时,张鲁琳肚子里怀着五六个月身孕,先带着儿子张祖望到台湾,把三岁的女儿张祖华留在天津由长辈照顾,准备等安排好了再接张祖华过去。张煌先行买了太平轮船票,准备赴台湾与妻子过年,也说好要买礼物给五岁的儿子,然后登上了一月二十七日的太平轮,永诀了亲人。

太平轮出事后几个月,张祖华的妹妹张祖芳出生,妈妈一个人带着两名幼子,还要继续担任记者工作。在台湾老报人于衡的自传中,亦曾提及一九四九年初到台湾,《中华日报》政治记者之一即是张鲁琳。

张祖华一直在天津生活,一直读到高中,从小她喜欢外文,俄文成绩常常几近满分。她一心向往外交工作,不过高中毕业后,她就离开家乡到新疆乌鲁木齐下乡插队,在新疆认识了中日混血的丈夫。她对太平轮事件不甚清楚,只知道母亲在台北。

张鲁琳一直活跃于职场,甚至在台湾最困难的年代,还可以向报社争取到美国进修的机会。当时小女儿张祖芳年纪非常小,母亲无法带她一起到国外，就将她托付给一对法国夫妇寄养。这对法国夫妇膝下无子，将张祖芳视如亲生女儿，未等张鲁琳学成回台湾，这对夫妻就把小小的祖芳带回法国，也与张鲁琳断绝往来。

张鲁琳伤心欲绝，丈夫死于太平轮，二女儿留在大陆，最小的女儿又让法国人带至欧洲，她后来也离开台湾，远嫁美国芝加哥，与一位机械工程师成家，婚姻美满，并且又生了一名男孩，同时将大儿子接到美国受大学教育。一九七六年张鲁琳终于与留在天津的张祖华联络上，早年被带至法国的张祖芳在婚后主动与母亲联络上，母亲安排相隔了二十八年的全家团聚。她从美国寄了一套套装给张祖华，另一套套装给法国的妹妹张祖芳。"二十八年了，我都没有见过妈妈，我也没见过妹妹，可是在香港饭店的大堂，妹妹的法国老公先发现我们，我看到穿了一样衣服的人站在那里，她就是我妹妹。当时我带了两个小孩也到香港，第一次看到外婆。"

之后张鲁琳为张祖华申请依亲到美国，一九七八年核准，一九七九年全家赴美。张祖华说母亲中英文俱佳，在美国一直还是很活跃：写作，办活动，观察社会动脉，也一直是说故事的能手。年轻时候的张鲁琳还师承巴金，目前九十二岁，在美国自费出版了英文自传，提及不少太平轮事件的往事："我们希望有一天也可以用中文发表。"张祖华这样希望。

张祖华说："一艘船改变了一个人的一生，也改变了一个家庭的际遇。"因为父亲在太平轮中葬身，他们兄妹与母亲失散多年的传奇也见证了一个时代。《太平轮一九四九》的繁体字版出版后，妹妹因为不懂中文，无法阅读，甚为遗憾。生活优渥的妹妹，从小在法国长大受教育，却因着家族与时代背景，也开始着手用她的视点来写一个家族纪实。逢年过节，她会邀请母亲相聚，听母亲说陈年旧事。妹妹多年前还与法籍先生驾私人游艇，到纽约参加晚辈婚礼。

"母亲记忆绝佳，有空到美国可以来与她聊聊！"据说，至今张鲁琳都还保留了当年太平轮的剪报文章。张祖华感叹一艘太平轮沉没，让她们一家散居天涯海角，从大陆到台湾再到美国，还有位太平轮遗女成长在法国。李昌钰曾提及太平轮改变了他的一生，张祖华说："我家也是啊。"

试想，在流离仓皇的岁月，人人梦想着要到一个温暖的岛屿安身立命，小年夜原本是欢欣的期待，却等来无情的伤恸。六十年过去，有多少个破碎家庭历经了哀伤的黑夜。

在他们心里，也许到现在都宁可相信，挚爱的亲人没有远去，只是来不及道别。

与死神擦肩而过

没有赶上的因缘

一月二十七日的死亡航行，是近代史上的灾难，没有搭上这班船的幸运儿，在人生旅途中，也各有不一样的人生经历。

星云大师在他著作中提及"因缘"，就曾以太平轮为比喻。当年他本来也想搭这艘船到台湾，可是时间来不及，没搭上这班船：

> 记得刚要来台湾的时候，正逢国共战争风云紧急，许多人举家南逃，甚至因向往台湾而离乡背井，漂洋渡海。当时太平轮数千人的死难，轰动一时，我因为时间匆促，赶不及搭上那班轮船，而幸免一劫。如果快了一时，沉没海峡的冤魂或许也有我的一份。
>
> 想到因为没有赶上的"因缘"，让我与死神擦身而过。在庆幸之余，经常觉得人生在顺、逆"因缘"之中流转不停，如同一股无形的力量，支配着我南北流亡，东西漂泊[1]。

孙立人堂妹孙敬婉，原本待在南京与姐姐一起，父母及兄长已经在台湾工作：父亲在台南盐务总局，兄长在中央造船厂。她与姐姐看见情势不对，中央政府一部分人员申请遣散，她也申请了遣散，与姐姐到了上海，准备到台湾。

当时时局非常紧张，又是年关，大家都抢着要离开，太平轮船票非常难买。她与姐姐想尽办法，才买了两张船票，就等着二十七日开船，到台湾与父母家人吃年夜饭。上船前，姐姐走过外滩，见到人山人海，大家都挤着要上船，恰巧遇见孙立人的随扈潘申庆，问她们要不要一起到台湾。姐姐说：太平轮船票已经买了，不用麻烦。

可是继而一想，她们姐妹从南京坐火车来上海时，大家都抢着上车，她们是从车窗爬上车的，身份证件及钱包都掉了，若到台湾进不

---

[1] 《往事百语（一）心甘情愿》，作者星云大师，佛光文化事业出版。

了关，怎么办？

孙立人随扈说："没关系，跟着我们走就没问题。"孙立人在前一年已到台湾担任陆军副总司令一职。后来孙敬婉与姐姐就退掉太平轮船票，跟着潘申庆坐中兴轮到台湾；事后听到那班船沉了，孙敬婉到后来都还记忆犹新[1]。

女青年工作大队成员余国芳曾经回忆：在上海等船到台湾时，经常是到了码头说要上船，等了半天船又不来，每天把东西搬来搬去。后来规定不许带那么多衣服，尤其是毛衣，所以她连毛衣都没带就到了台湾。

她也提及，原本她们要搭一月二十七日的太平轮，因为人太多，被赶下船改搭别的船，幸运躲过一劫。但是她们的行李证件都在船上，太平轮出事，证件都没了[2]。

小孩发烧逃过劫数

曾任立法院院长的梁肃戎，当年原是要与东北的同乡一起上船，可是才出生的小女儿发烧得了肺炎，想想天寒地冻，还是等高烧退了再走。梁肃戎的儿子梁大夫回忆，还好因为妹妹发烧，救了全家。

可是原要一起同行的辽宁省主席徐箴一家及《时与潮》总编辑邓莲溪，就没有那么幸运了。徐箴一家三口罹难，邓莲溪留下四个小孩与妻子在台湾，最小的儿子出世还没满月就失去了父亲。

而人在广东的刘乃哲导演，也提及他的叔叔刘赫南，当年在中华书局任职，带了十几口亲人，与徐箴是好友，结伴同行，也随这艘船沉没。刘乃哲一家，则是因为来不及买到船票而逃过一劫，家人从此两岸相隔，他在八十年代还写了有关太平轮的剧本——《海殇》。最

---

[1] 《女青年工作大队访问录》，作者吴美慧，中研院近代史研究所出版。
[2] 同上。

梁肃戎的小女因为发烧，让大家逃过一劫。（翻拍自《寻找太平轮》纪录片）

近他正全心投入《庚子首役》电视剧的制作。

　　成长于台北的夏晓峦，童年就常听父亲谈他搭不上船，却在台湾有了人生的另一个版本。夏晓峦的父亲当年也买了这艘船票，准备到台湾，但是因为睡过头，赶到港边时，船已经出航，第二天知道船出事了。

　　浙江省民政厅厅长阮毅成全家，原本也是要搭这班船。但在开航当天早上，请当时服务于中联公司的蔡天铎将他预留的两间房退掉，也躲掉一场灾难[1]。到了台湾，阮毅成担任"国代"并出版了许多法学论述，儿子阮大年担任过大学校长，阮大方则为资深传媒人。

　　南侨关系企业会会长陈飞龙之父，当时也携家眷要搭太平轮到台

---

[1]　见《宁波同乡》杂志第354期，蔡天铎《航业海员界多甬人读者回响》。

湾，因为客满，改搭下一班利公轮，逃过一劫[1]。

吐奶没上船

二〇〇四年，我与《寻找太平轮》制作人洪慧真，在上海的第一个晚上与朋友张安霓用餐，一眼在餐厅里看见白先勇，他为了《金大班最后一夜》的舞台剧演出，来到上海。我们说明是为了拍摄《寻找太平轮》纪录片而来的，他手一指，指着在餐厅角落吃饭的客人。"哪！你们该访问他，他吐奶，没上太平轮，救了全家。"

白先勇手一指的那位先生，就是香港城市理工大学教授郑培凯。他在访问中说："我那时候很小，家里买不到飞机票到台湾，可是大家都赶着出来，我妈好不容易抢到一月二十七日太平轮的船票，她正为我吐奶伤脑筋，上船前恰好有人替我们买了机票，我们就退了船票改搭飞机。"

"来了台湾，妈妈对我特别好，常说还好我吐奶，救了全家，可是如果我调皮，惹得她心烦，她就说：都是你！如果坐那艘船沉了，

因为吐奶没上船的小男孩，长大后是著名的文学博士，也是诗人、散文家——郑培凯。

[1] 见《中国时报》。2009.9.27。

现在一了百了！"

这位小时候吐奶、没上太平轮的小孩，台大外文系毕业，在美国拿了耶鲁大学博士学位，笔名程步奎，是海内外著名诗人与散文大家。

两家命运大不同

《太平轮一九四九》在台湾出版后，陆续接到朋友们的来电。一位住在旧金山的上海媳妇舒佑说，他的公公是早年国民党时代的国大代表，原本买了一家九口的太平轮船票，准备举家到台湾过年，但是一月二十七日上午，婆婆突然肚子剧痛无法上船，公公只能取消全家行程，留在上海替婆婆治病。他们在上海的邻居是一位小学老师，家中也是九口人，就央求把太平轮船票转让给他们一家。

那年农历年，公公打开报纸，看见太平轮沉船，久久无法言语。之后他们全家到了台湾，在七十年代后，全家又转往美国定居。舒佑说公公生前常常提到太平轮的故事，家中大伯与姑姑们也都是记忆犹新。舒佑说：我常想，谁能写出那段故事呢？

哲学教授之子

哲学大家方东美教授，在一九四八年即在台大哲学系任教，他的儿子方天华原先也买了这艘船票，要到台湾与父母过年，却因故没有上船，逃过一劫，后来在台湾与父母相聚。身为安徽桐城派方苞的后人，年过八十的方天华教授，仍然关心太平轮事件，看完了书，想再看《寻找太平轮》的纪录片。

二〇一〇年方天华教授的女儿方惠到台湾度假，与我提到太平轮对她父亲一生的影响，也才发现方天华教授的大舅子，竟是作家舒国治。方惠特别去了牯岭街台湾大学教授宿舍，看看祖父方东美教授故居，也为太平轮纪实，增添了一则逃过一劫的记忆。

海 祭
——离散的记忆，团圆的拼图

缘 起

从帮助拍摄《寻找太平轮》纪录片，到《太平轮一九四九》的出版，唤醒了越来越多太平轮的记忆，仿若一场没有散场的电影，不停地在时光琉璃中翻搅涌现。尘封往事，将大家记忆倒带，许多受难者家属也殷殷期盼能到太平轮出事地点海祭。事隔六十一年，大部分受难者家属已由青丝转白发，他们不知能否有机会到舟山群岛失事地点，为当年丧生的亲人举办一场迟来的祭奠。二〇一〇年一月中华太平轮纪念协会筹备处成立，也开始接受大家的报名登记。

春日接连拜访了海基会与海协会，得到他们在两岸事务上最大的协助，而我们就把这次海祭定调为"离散的记忆，团圆的拼图"。四月下旬先至舟山嵊泗租船、订花、安排行程、确定饭店和食宿。安排行程是最大的挑战，五月是姜思章老师的建议，他的童年在舟山度过，太平轮事件次年被国民党军队捉兵到台湾，这些年也常回舟山。他说舟山四月清明时节还很冷，五月下旬多雾，等到六月之后的夏日，天气炎热加上台风多，会为海祭投下过多变量，尤其是大家都得从四面八方涌来。

等待集合的时间地点与舟车往返都是未知数，而我们也想到原先设计好的行程，因为天候与风浪，都有不可预知的变数。事实上在五月举行的海祭，也确实是因为天候风浪打破了所有的计划，而出现一串等待的过程。

海祭出发前一个月，筹划工作进入倒计时状态，每天都有人报名或是取消、更改行程。五月份之后，上海世博会开幕，旅馆的价格上扬，抢房间得有十八般武艺，在没有旅行社的安排下，洪慧真与陈郁婷接下所有订房与机票往来的行程操作。大家通过不同的交通工具，从四面八方集结到上海。王兆兰与先生先到杭州，再到上海；黄似兰与兄嫂一家四口从澳门过来；已经九十岁的生还者叶伦明老先生与他的晚辈六人，一起从福州坐火车到上海会面；张昭雄从台湾直飞上海；李明芳从广州搭机到上海，他的妹妹与哥哥女儿李梦华一家，从常州搭车到上海；原来住上海的徐瑞娣夫妻直接到嵊泗与大家会面；住宁波的何家与受难者家属，则从宁波自行赶到舟山，再转轮渡到嵊泗；加上各界到海祭现场的朋友与媒体，有人从西安来，有人从北京来，有人从上海来，还有从杭州一路跟着采访的媒体朋友，都得先让台办了解名单、证件号码，以方便出海报备。

我们人在台湾，天天电话、邮件联络。洪慧真、陈郁婷处理行程杂事，我麻烦熊约翰代为处理报名名单联络整理与通知，我与台办是对口，每天数通电话往返。有人说怎不麻烦旅行社代办，问题是台湾没有一家旅行社愿意代理如此复杂的业务，不带团旅行，没有购物行程，风险大，无观光行程，还得带长者们出海。从台北到上海集合后的行程，是在浦西的庐浦港搭上大巴士两小时到小洋山港，再换一天两班的渡轮到嵊泗，这样是最便捷的旅程。单是换车、换船就得三小时。

太平轮海祭团合影。

风浪大、雾浓，所有的船都停摆，等风浪小、雾散去，每天都是无尽的等待，说不准什么时候开船。询问了台北多家旅行社，多数是没有回音，而且大部分旅行社都没听说过嵊泗，更没有兴趣承揽这样的工作。

嵊泗列岛在舟山是观光区，岛上多产渔货。维基百科上提及，全县包括泗礁山、大洋山、小洋山、嵊山等四〇四个大小岛屿，其中常住人岛十五个。泗礁岛是县治所在地。陆域面积八十六平方公里，海域面积八七三八平方公里，堪称"一分岛礁九十九分海"。现辖七个乡镇，户籍总人口八万。

这四百多个岛屿多半是无人岛，地理景致与台湾的澎湖相仿，嵊泗之"嵊"和"泗"，取自嵊山、泗礁两岛，是浙江省舟山市辖的一个县。位于杭州湾以东、长江口东南、浙江东北部、舟山群岛北部，传说中郑成功的船队也曾到过这里的海域。

当年太平轮失事的纬度属于嵊泗海域，在白节山灯塔附近。四月份下旬，我从舟山到了嵊泗，洪慧真从台湾赶来支持，由台办费祥生主任陪同一起租船、一起选花。我们计划这次海祭先到失事地点凭吊，替罹难者送上一千朵白菊花，再到生还者获救海域，为生还者王兆兰与叶伦明老先生送上红玫瑰祈福。

在嵊泗买花一定得订货，因为大部分花卉与食物都得靠补给运送，而且价格都比大城市要高。在活动安排中，我们被要求不能出现宗教仪式，不能念经、撒冥纸，只能用鲜花与音乐代替。我们也请朋友代为安排上海的两位音乐家随船，为这些永远到不了岸的受难者，演出巴赫无伴奏作品与《流浪者之歌》。

船是向一位收渔货的船东租借的，船东为了配合海祭，还特别在五月出发前，给这艘船刷了油漆。

在嵊泗，遇见了热心的竺才根。他是一名退休公务员，平日热衷于历史资料搜集，自己经营了一爿古玩货币与沉船文物的民艺品店。他在《舟山日报》上看到了海祭消息，与我们联络，并且热心地带着我们去拜访两位长者——李生来与毛银儿这对夫妻。

小时候这对夫妻是邻居，从小跟着家人、祖父在白节山守灯塔，平日种些地瓜、青菜或是拖墨鱼讨生活。白节山灯塔早年只有十几户住家，都是茅草屋，一九四九年太平轮沉没，李生来只有十三岁，毛银儿十岁。他们回忆起来历历在目：晚上听到声音很大，夜里灯都亮了，四处都是声响，但是长辈不让他们出去观望。直到第二天天亮，村子里的人全部出动，海面上全是漂浮物。刮了阵西风，退潮时，长辈们下水捞东西，看见有军大衣十件，一些箱子，还有很多浸湿的纸条、账册，酒桶……当时他们年纪小，只记得很多人到家里吃饭，来来往往都是来找家人亲戚的。有人说有八架小艇，找到九位生还者，把他们送上岸，就自行回家了，年纪最小的是八岁女孩，一家七口全都罹难，有人说日本船把这些生还者救上来的。这座岛上一位渔民周文华家里，还有当年太平轮船难漂浮的木箱子，五月份海祭前几天，来自台北的受难者家属张昭雄，还特别到周文华家里拍那口旧箱子的照片。

在这对守灯塔老夫妻的回忆中，童年听到大人们说，第一次响声是两船碰撞，第二次是运煤船转弯，船头先下水，没多久太平轮也快速下沉了。这对老夫妻回忆，海军也曾经定锚，试图打捞太平轮的船身与残骸，未有进一步消息。一九九四年舟山也有人针对太平轮沉船事件提出报告，本书附件中也提及太平轮正确的沉船方位。

海祭新成员

在海祭消息发布后，许多内地的朋友纷纷通过媒体转信或打电话联络我们，我们就一路从北京、上海到舟山、台湾，沿途与更多受难者家属联系。在上海第一次见到徐瑞娣。原本是中学老师的徐瑞娣，从来没有见过父亲，她长到十几岁后，家人告诉她父亲是太平轮船员，本姓陆，老家在宁波。那年冬日，父亲要上船工作了，外婆告诉舅舅，把当年四岁的她送到码头。"我很小，打扮得很漂亮，穿了一身毛绒服，父亲抱着我，是最后一次了。"外婆一家都是船员，母亲在太平轮事件后，改嫁给徐家，她也跟着继父姓徐。

她说她的名字是希望替家里招个弟弟，在宁波话里，催弟念起来口音接近瑞娣，十几岁初识人间事，在母亲的老旧笔记本上，读到父亲罹难的事件，也找到父亲的名字，依稀记得是陆定香（后来在中联公司祭祀船员的名单上，找到陆定香名字）。徐瑞娣回忆母亲还留有一张父亲生前的大照片，2003 年过世的母亲，过世前也没有多说有关父亲的故事，她也知道有位舅舅早年到了台湾，在阳明海运工作，有位亲戚住在基隆，但是都已经失去联系。因此很难从亲人记忆中，找回父亲的身影，但是当她看到海祭活动的新闻后，非常激动，一定要参加。"六十年了，也算是了却一桩心愿。"先生屠耀时与女儿屠晶晶都是她的支持者，因为太平轮事件，女儿成为她最佳的小秘书，常常替她找资料，在海祭之后，她觉得能让父母亲安心，也了却了多年的牵挂。

经过报章媒体与我联络的，还有两位海员家属后代，都住在宁波。何毅刚在他的信里提及祖父何豪山是舟山人，早年当了水手，是太平轮的船员，在那次事件中辞世。另外有名亲戚，也是船员家属，

海祭船抵达白节山附近，生还者叶伦明和家人远眺白节山。（朱丹阳摄影）

他们因着太平轮事件,已是三代情谊。这次海祭他们希望参与祭奠先人,也希望了解更多太平轮的资料。海祭时,他与父亲何永智、亲戚张汉明、张汉兴一起上船遥祭。

在海祭报名截止前,李明芳一家分别从广东、江苏常州到上海集合。李明芳的哥哥李祚芳与嫂嫂郑林英,当年被公司派至台湾,先前已经把家具、衣物都送到台湾,买了一九四九年一月二十七日太平轮船票,之前发了电报,要家人把女儿李梦华送到上海。原本亲戚要从常州送到上海,但是火车太挤,亲戚抱了李梦华无法挤上火车,只好回到老家让祖父母照顾。

三岁的李梦华逃过一劫,但是与父母亲却无缘再见。李祚芳早年毕业于南京晓庄师范,郑林英是燕京大学外文系的高才生。在李明芳提供的族谱中,提及李祚芳早年是流亡学生,抗日胜利后,曾经任职纱厂与盐业公司,靠微薄薪水养家,抗战结束,他们任职的盐业公司将他们派至台湾任职,两夫妻很兴奋,却不幸于太平轮事件中丧生。

他们的女儿从小由祖父母带大,李梦华初中毕业后,在老家东古村工作,后来开小店维生,并与同村人陆期国成婚。这次海祭她与先生、姑姑,一路带了一把家乡的黄菊花,要送给父母。那么多年过去,当年三岁的小女孩,因为挤不上火车,赶不到上海与父母相聚,独自留在世间,承受思念父母的苦痛。李明芳说原本家中还期待兄嫂在未来有大格局、大作为,他们却在盛年不幸遇难,来不及享受人生美好前程。

这次海祭李明芳与妹妹李瑞华同行,兄嫂遗留人世的女儿李梦华也已六十多岁,第一次有机会到海上祭祀父母。李明芳带着族谱,一路舟车转运,李梦华紧紧抱着黄菊花,准备撒向大海,送给无缘看她长大的父母,沉默的她总是伫立一角。如果当年顺利与父母相见,顺利到了台湾,或许又是一个版本的生命故事。

太平轮事件后,李祚芳的大哥代为处理后续事宜,而早先运送到台湾的家具、衣物、箱子,又让公司运回大陆老家。"大家更难过!人都走了,要这些东西有什么用呢!"李明芳喃喃自语。

海祭团成员上船后在胸前戴上黄丝带。（朱丹阳摄影）

生还者王兆兰一上船就泪流不止。（朱丹阳摄影）

罹难者家属在船上流泪。（朱丹阳摄影）

罹难者家属黄似兰在抵达白节山附近时泪流满面。（朱丹阳摄影）

　　叶伦明在六十一年前被救起，一九八〇年代到香港定居，现在只身住在老人公寓。子侄晚辈在二〇一〇年将他接回福州老家住，由叶秀华负责照顾："叔叔年纪大了，我去香港看他，房子小，没有人照顾，他能活着度过人生大灾难，是多么可敬的长辈，他老了，没有子女，我们就应该照顾他。"

　　叶秀华到香港，把叶伦明接到福州，有专人看护、照顾饮食起居，听说受难者家属要到舟山海祭，经过家族会议，他们组成了庞大亲友团，有六位子侄辈，陪着老先生一路从福州到上海，与我们会合再去舟山。一年没见叶老先生，在福州有人照顾，身体气色都比独身在香港更健康，叶老说一生都没有想到还可以回到生还的地方，也希望在有生之年，为当年死难者凭吊。一路上他都是精神抖擞。在上海，叶家的亲戚晚辈都来看他，有人环抱着他的肩说："您最疼我了！小时候还替我买泳衣，您还记得吗？" 叶老开心地点点头。有些晚辈说："他是我们家的老祖宗！"

　　叶老的侄子说太平轮事件后，叶老没有再回台湾，与家族亲人一起生活、工作，还教晚辈记账、做小生意的本事。由于一生没有再婚，也没有子女，住在上海时对晚辈都极为照顾，子侄辈知道他回福州老家养老，都非常欣慰。这天大家都在上海相见，说着陈年旧事，

王兆兰的先生紧紧搂住她安慰。（朱丹阳摄影）

王兆兰边流泪边念祭文。（朱丹阳摄影）

叶老特别开心。

叶秀华说，当他们告诉老人家有海祭活动时，叶老说："我也要去，这是对他们最好的纪念。"九十岁了的他，坚持背上自己的行李，全身长跑装束，长途舟车劳顿。叶老思绪跌落，是期待还是感叹？他默默望着远方。

太平轮海祭

五月舟山行船是大考验，每天都是雾大风大，大家就得待在候船室等船开航。原来大家订好的行程也就一再迟延，等待的几日让大家焦虑、不安、躁动。原来答应要演奏的两名音乐家，也无法配合而取消了行程。回想六十一年前，在交通更不便捷的年代，受难者亲人在寒冷冬日的苦苦寻找与挣扎，我们的延宕也变得微不足道了。

等待了两天，舟山风浪逐次减威，雾散去。五月二十五日清晨六时，亲属们集合上船，船头挂起了太平轮纪念协会的布幡，船上有白菊花、红玫瑰，还有黄似兰花了三个月时间亲手折的一千只纸鹤，参加海祭的家属们都别上了黄丝带。

依次坐在船上，大家无语。张昭雄在船上打了电话，告诉大姐张昭美，船出发了。大姐张昭美早早报了名要参加实况转播：看到海了！船出发了……快到了……

生还者王兆兰一上船就低声啜泣，丈夫祈思恭轻轻拍着她的背，沿路给了她最稳定的力量。随着接近白节山灯塔，接近沉船纬度，阳光初起，万里晴朗，六十一年前太平轮在这里沉没，事隔多年，受难者家属第二代、第三代来到这里。随着接近沉船处，每个人心情都激动起来。叶老与晚辈们比画着讲述当年沉船的经历；指着灯塔，徐瑞娣轻轻拭泪。

船停在海面上，一切静止，家属们手里一束白菊花，为当年罹

家属们向大海献上菊花。（朱丹阳摄影）

家属放千纸鹤。（朱丹阳摄影）

难者送上一甲子的心意。张昭雄手里拿着父亲与母亲的照片，哽咽地说："妈妈三十六岁守寡，前几年离世，有了两百多名子孙辈。哥哥去年过世，最小的弟弟也过世了。母亲一生辛苦，在天堂能与父亲相见，希望在天之灵的父亲，能照顾家中子孙平平安安。"说完与父母亲的话，他把父亲与母亲的照片贴在脸上，向着大海，泪如雨下。

黄似兰与丈夫、兄嫂，也为母亲带来最喜欢的巧克力与花生。花了三个月为所有受难者折了一千只纸鹤，从小到大，她的泪已经哭干，她也是这次海祭的提议者，一直期待有这么一天，能够亲自与母亲话别。"我很想喊我妈妈。"

黄似兰向遇难的母亲哭诉当年失去妈妈后生活的艰辛。"灾难来时，妈妈把全部的爱统统带走了，小时候每当看到其他孩子有父母搂着、挽着、牵着的时候，真是百般滋味在心头。"

同是宁波老乡的张汉民、张汉兴、何永智、何毅刚，也都用家乡话与父亲说话，希望父亲听到他们的心声，他们都报告了家人的平安。念完祭文，他们一起跪着，面向大海，磕了三个响头，把深深的思念寄托大海蓝天。徐瑞娣年轻时候看过父亲照片，可惜当年不太懂事，没有好好听母亲谈往事，也没有用笔记下来，年龄越大就有越多的触动。喜欢写作的徐瑞娣，早早写了给父亲的信，文情并茂。

既是生还者也是受难者家属的王兆兰，在念祭文时泣不成声："对不起妈妈，是我没有牵好弟弟妹妹的手，我没有照顾好他们……"丈夫祈思恭紧紧拥抱着她，两人泪未停歇。

李明芳一路上带着家谱，与妹妹、兄嫂的女儿一家同行。李梦华还抱着已经有些枯干的黄菊花。站在船头，李明芳对着大海向兄嫂叙说这六十年来的家族大事，如同兄嫂依然在人间。

每位家属与家人说完心中的话，大家把白菊花一瓣瓣撒向大海，落英飘散。家属们拿起大大小小的纸鹤，用最虔诚的心放入大海，让纸鹤带走大家的祝福与想念，"一只只纸鹤就像仙鹤，让亡魂骑着仙鹤上天堂吧"。

罹难者家属每人向两位生还者叶伦明和王兆兰献上一朵玫瑰。

　　船头越过白节山灯塔，缓缓地转了弯，停在当年三十六名生还者被救起的海域，太平轮沉没后，这些生还者全身湿透扒在木桶、木箱上，随着洋流四处漂散，熬过生命里最漫长的黑夜。这天也是生还者的再生之日，两位生还者在事隔六十一年后回到重生处，内心百感交集，大家拿着红玫瑰，一一送给叶伦明与王兆兰，并给他们深深的拥抱。事后，张昭雄与徐瑞娣都拭着眼泪说："如果是我的父亲活着多好！"黄似兰说："看着他们，想起我妈妈。"抱着大把红玫瑰，叶伦明内心激动，侄女叶秀华陪着他，接受大家祝福。

　　回程阳光照耀，海面祥和安宁，想起闻一多的诗里说："让我骑着你每日绕行太阳一周，也便能天天望见一次家乡！"一本迟到的书，一个迟来的海祭。悲伤逝去，大家一路无语，船缓缓自白节山灯塔绕行回返，没有音乐，没有仪式，大家用最简单的方式纪念亲爱的家人与逝去的年代。一个久藏的心愿，风吹过，雾开云散，晴空好日，也为第一次海祭画下圆满的句点。

　　后记：2010海祭实况也将展现在洪慧真制作的《再见太平轮》纪录片中。

漫长记事

——纪录片与回响

寻找太平轮的记录，对大家都是挑战！事隔多年，台湾的档案中，对太平轮轻描淡写，太平轮在台湾没有留下太多的涟漪。二〇〇四年，我离开了台湾，到美国陪子伴读，带了母亲与父亲的资料，想要为他们写部家族小说。年底老同事杨长镇说："快回来！要拍纪录片了。"

原来是他工作单位有些经费，想做些有意义的事。过去十几年，我们从宝岛客家电台同事、行政院客委会，一路合作桐花祭、客家文化艺术节及参与客家电视筹备……合作愉快。他委托凤凰卫视制作小组，由洪慧真担任制作人，拍摄《寻找太平轮》，希望借由寻找太平轮的重建历史现场，检视一九四九年前后，两百万人加入台湾新住民的台湾记忆。（次年纪录片荣获两岸新闻报道奖。）

而我也从写书到参与纪录片制作，在几个月时间中加紧脚步，残忍地滚动了尘封一甲子的往事。

纪录片启航，挫折中泅游

从台湾、上海、洛杉矶、休斯敦……一丝丝线索在几个月中一一浮现，我们像追逐海浪的海豚一路泅游，向着尘封的大海翻滚、寻觅。

二〇〇四年十二月，我们到基隆太平轮旅客遇难纪念碑献花，由杨长镇宣布寻找太平轮计划启航。

之后网站社群开张，报纸开始登载工作小组网址及电话联络方式，热心的长者们一一提供了电话、线索：有人看过沉没的太平轮；有人提到生还者的自述；有人说船破了，船员用棉被去补……陈祖荣提及，秋日在太平轮的航行中，年轻人在船头唱着《夜上海》，一路望着远去的上海。

有人提起父母亲的记忆：小婴儿一直哭不肯上船，因而全家避掉了这场灾难，她叫家福。有人说他们家叔叔还是小小孩，吵着不肯上船，"因为船上的人都没有头"。

二〇〇四年开拍的《寻
找太平轮》纪录片，唤
醒了大家的记忆。

　　有人说他当年订的五金杂货全部沉下。长荣海运退休的船长林乘
良说，他的两位同学因为船难，再也没有机会相见。朱士杰透露，父
亲朱雍泉生前提及在船难发生后，曾在正中书局附近开设了安平百
货，让当时的受难者家属得以维持生计。

　　工作小组——过滤电话，再求证、追踪，最辛苦的，是李介媚与
薛立旋。她们初入社会，得负责过滤电话、追踪联络、研读资料及控
制工作进度，最困难的是：许多受难者家属已经不愿再提往事。

　　"那么多年伤心事，有什么好提的。"

　　"我们是难民耶！逃难来的，不要再提了。"

　　"过去就让它过去了。"

　　"人都死了！唉！"

　　"我儿子说不要接受你们访问……"千百种拒绝的理由，令人
沮丧。

　　遇到精彩访谈，如葛克的海上漂流记，文化大学席涵静教授转述
长辈李述文的生还历险等，往往又燃起大家希望的火苗；在网站上看
见一个又一个留言，一条条宝贵线索，再三鼓舞大家努力往前航行。

历经五十多年的生死别离、苦难伤痛，这趟寻找之旅，一如寻找四散的拼图。我们努力打开记忆的盒子，在每位受访者尘封的泪水与回忆里，逐次拼贴碎片。

寻访中的惊叹号

二〇〇五年一月初与制作人洪慧真前往上海采访。动身前，阿姨司马菊媛来自纽约的国际电话中，告诉我更多她们年轻的往事，嘱咐我再走一回她们的年轻岁月。

上海，我们在餐厅里巧遇白先勇老师（原本我们就想回台北访问他），他在小说《谪仙记》中曾写到一位上海小姐李彤，因太平轮出事，父母都遇难了。后来我们也在白先勇的协助下，向谢晋导演借到由《谪仙记》改编的电影《最后的贵族》[1]。问白先勇，那是真人真事吗？"很多人的共同经验吧！"他笑了笑。

在上海为昆曲《牡丹亭》奔忙的白先勇老师，指着餐厅一角，告诉我们："你们该采访他。因为吐奶，没上太平轮的郑培凯教授。"郑培凯教授平日在香港教书，刚好那几天去上海找旧书。

就这样，在寻访过程中，多了几许惊叹号。

晴朗的冬日，在上海档案馆，我几乎是以颤抖的手，打开一页页泛黄的资料，翻开一沓沓泛黄尘封的档案：太平轮事件起诉书，证人葛克亲笔证词，罹难者名册，常子春签名的"太平轮被难旅客善后委员会"，席涵静教授提及生还者李述文撰写的《太平轮遇难脱险记》，太平轮全船构造图，船难失事经纬度手绘地图等一一呈现。

抖落厚厚尘灰，从一九四九年到二〇〇五年初，从来没有被开封过的档案，因着我们的造访，失落的年代逐渐被唤醒，窗外正是太平

---

[1] 《寻找太平轮》纪录片中，呈现了部分场景。

白先勇小说《谪仙记》提及了太平轮，由谢晋导演拍成电影。

轮停泊地——黄浦江岸。

一段段生离死别的故事、被刻意遗忘的记忆出土，太平轮与其他船队[1]带来了逃亡人潮，国共分裂前的沉船灾难[2]，与战后台湾人的殖民伤痕相遇，那个年代的空白再度接轨，化为安静的分享与聆听。

---

[1] 当时往来上海与基隆尚有多家船公司，详见本书第二章。

[2] 在太平轮出事前，只有一艘航行于长江流域的江亚轮出事。江亚轮是一九四八年十二月三日下午，由上海开往宁波的船，船上有旅客二二八五人，但是无票者与小孩儿童都不计在内。当天晚上驶过吴淞口时，船身突然爆炸，全船立即受到剧烈震动，陷入浓烈火海，船头立即下沉，据说这场灾难有近三四千名旅客罹难。江亚轮尚在打捞期间，又发生了邓鉴轮与新瑞安轮对撞的事件；一个多月后，太平轮事件发生；太平轮事件过五天，祥兴轮又撞上一艘葡萄牙货船，祥兴轮破了大洞，船员与旅客获救，但是满载物资的葡萄牙货船却全船覆没，船员只救上来二十三人，其余二十五人都失踪。

纪录片发表后，更多故事精彩浮现

二〇〇五年，《寻找太平轮》在播出后，引起很多回响。纪录片发表会现场，林月华由她的先生陪同到会场，第一次在从上海档案馆带回来的资料中，见到她父亲"林培"的名字。

几天后，叶伦明的侄女叶少菁，从新竹打电话告诉我们，她的叔叔还在香港。五月下旬，我在香港地铁站，第一回见到叶伦明，精瘦身材在人群中几乎看不见身影；今年再见他，已是八十八岁高龄。

在澳门见到黄似兰大姐，听她悲惨的前半生，也哭了两天。几次在张和平家里，看她父亲留下的照片，听她谈没有父亲的童年。葛克家人从大陆写信来认亲。从美国东岸、雪梨……各地涌来的故事还没有写尽。

船长的子女在纽约告诉我，他们相信父亲只是失踪了。从美国西岸写信来的彭小姐，提及她的父亲早年曾参与过太平轮官司。有人在电话中说，他的父亲每年都在一月二十七日，为来不及到达台湾的祖父，上一炷清香。

东势吴素萍在博客上，写了一位客家贸易商的智慧——她未谋面的祖父。中联企业公司总经理周曹裔的第三代，在博客里与我相遇……越来越多故事与人物，都在这几年逐次出现；有些又像断了线的风筝，远远地来了，又飘走。

二〇〇八年，写信与当年出生在船上的杨太平联络，他在信里说："Yes, the boy born on 太平轮 will be 60 years old next January. He and millions people in Taiwan are the eye witnesses seeing the stonishing progress in Taiwan in the past 60 years."

整理着手头资料及新加入的名单，探访中常有惊喜：黄正华持续整理的照片，孙木山弟弟传来的家族照片，齐邦媛教授提供了《时与潮》总编辑邓莲溪子女的联络方式，在她出版的《巨流河》书中，还原了她在太平轮出事那天守在基隆现场的震撼；我也对照了《上海大公报》一篇悼念邓莲溪的文章、陈玲提供的舟山群岛地图，在在丰富了书稿的底蕴。

太平轮之友会，重建纪念碑

每年一月二十七日，纪录片的受访者与这件事相关的长者，都会在这一天齐聚基隆东十六码头，向来不及靠岸的太平轮受难者献花鞠躬；每年大家总会找个闲时，聊聊天、喝个午茶，有时互相往返，建立了良好的互动关系。

吴漪曼教授及严妈妈（王淑良）最早提出重做太平轮纪念碑的构想。一九五〇年在基隆立碑时，过于匆忙，没有罹难者姓名；加上目前纪念碑划为海巡署营队的营区之一，无法自由凭吊。军方也曾建议找个合适地点，纪念碑可以往外迁移。

"太平轮之友会"成员，每年会在一月二十七日，到基隆东十六码头，为太平轮受难者献花致意。

这个没有正式组织的团体，因为太平轮结缘。一月二十七日的献花，是团体每年一次正式的聚首。也期待有一天，能为不幸遇难的旅客，重新开启一段航程，越过黑水沟，在亚热带的岛屿靠岸，为他们走完上世纪没有走完的航程。

感谢一路走过的天使们

二○○五年三月回到美国住处，与在休斯敦的杨太平通上电话，也联络到住在洛杉矶的杨妈妈、刘费阿祥口中的恩人——张孙美娟及常子春的夫人常杨焕文。

儿子大非当年十八岁，陪我到休斯敦采访了杨太平。到洛杉矶的几段采访十分惊险，杨妈妈与张孙美娟女士都住在洛杉矶的老人院，她们定居美国多年，说不清自己的英文住址，于是她们这样告诉我："哦！蒙特利尔市，那个大华超市的对面的老人院呐！六层楼的，很好找的。"好友彭秋燕就陪着我在 Montreal park，四处寻找大华超市对面的老人院，在台湾开过摄影展的她，顺便充任摄影师与司机，还好顺利找到。

杨太平母亲住在 Rowland Heights 的老人院："我们在罗兰岗医院边上的老人院呐！很好找，看到医院，右转就到了。"好友刘玫玲派出才念大一的女儿吴思其，开车到 Rowland Heights 找老人院，真的看见医院右转，两老已在楼下大厅等着。杨伯伯、杨妈妈是极佳的受访者，记忆清晰，又有说故事的天分。他们说："那是一生难得的经验呀！又逃难，又在船上生产，还好孩子们都平安长大了。"（今年他们都快九十岁了。）

在香港与叶老再约采访时间，他电话坏了，记错时间，一连串的错失，多亏香港老友曾丽芳、林露诗等人，连环追踪把叶老找到。苏永权动员记者朋友协寻，并提供叶老平日长跑、游泳、健身的地点，才让我有机会在春暖花开时，欣赏了晨雾迷漫的山头与海边，贴近叶老天天慢跑的长路。

当采访接近尾声，黉正华、姜思章老师、朱士杰及来台湾做访问学人的陈玲，都热心地提供了更多照片、一手资料与建议。从未谋面的陈清志，告诉我台湾也有太平轮诉讼档案，夏祖丽与"国家文学馆"慨然提供林海音女士保留的中兴轮船票档案，曾任职海员工会的任钦泓伯伯，提供了许多船界讯息。二〇〇八年在我右手骨折期间，程嘉华加入工作行列，她经验丰富的编采经验与细心，补足了我许多工作的难处与困境。

手伤骨折是写作中的意外，最懊恼的是养伤期间有将近七八个月无法工作、写字。爱亚姐、Chichi Chichi 等陪我看医生、做治疗，蔡淑女、陈美祯上山替我做菜饭的温情，都只能放在心中。

也感谢王慧君、林丽芬、张安霓、张典娥、黄富源、王胜盟、叶少菁、杨仁舜、Linda、J、Jimny Sun、罗富美、王莹、张桂越，从台湾、大陆、香港、美国各地提供的协助，熊约翰、郭冠麟、王幼华、邱彦贵、涂月华、黄洛斐、于美芝、王亚维等好友提出宝贵建议。还有我现今服务的波龙艺术有限公司，台北、北京、上海所有同事们的容忍与后勤支持。家人德松、大非、佑恩一路相伴，让这本书顺利完成，他们都陪我度过在台湾被九家出版社拒绝的困境，天天鼓励我。

二〇〇九年台湾繁体字版出版后，有更多来自大陆与海外的太平轮受难家属的记忆丰富了简体版的内容。二〇一〇年五月的海祭也是太平轮事件后，首次受难者家属的海上吊唁，鲜花与纸鹤，长长的思念，串起一甲子的深情故梦。

中国大陆简体字版的面世，感谢老友尚绍华的鼓励："别人写的是政治，你写的是命运！"还有长住北京的林佩芬时常的关心，以及王本中、李光辉、阎纯德、杨安、赵亮、宋如意、周一方、韩子文、毛德传、王永健、胡牧、韩福东、黄陈锋、沈雁冰、朱丹阳、徐瑾、杨敏、江雪等人的时时打气、关爱。

更感谢在海祭时，处处给予协助的海基会江炳坤董事长、海协会李亚飞副秘书长、王小兵先生，以及浙江台办王少华、嵊泗台办费祥生主任与岱山台办毛主任等人的热切协助，让海祭圆满完成。

感恩在这么多日子里，有那么多天使与我同行。

祝福所有受访者、提供协助与意见的朋友们平安喜乐。

附　录

李述文脱险记[1]

　　敬启者述文此次太平轮遇难脱险返沪，承各方亲友深切关怀，或枉驾谈询慰问，或函电探询遇难脱险经过，隆情厚谊，感铭五中，兹送上《太平轮遇难脱险记初稿》一份敬祈察阅。如蒙俯赐修正，或大笔鸿题，则不但可资纪念，更可作今后处人处事南针，也专此奉陈。

　　敬祝

健康谨上

太平轮遇难脱险　李述文　谨启

三十八年二月三日

太平轮遇难脱险记初稿

三十八年二月三日

　　三十七年九月间，在第一次太原保卫战结束以后，第二次太原保卫战开始以前，我向上峰请准给假，九月八日飞赴西安，照料妻病。及妻病稍愈，余心脏病又发作，势颇沉重，彼时井陕空运适告断绝，不克返井。为节费疗养两便计，于十一月四日由陕飞渝，住二三舍

---

[1] 上海档案馆保存的太平轮沉船事件第一号证据。

弟汉光汉勋处。久别十年，一朝重逢，欢聚一堂，欣慰无似，心情轻松，厥病顿减，如此不及两月，病已大有起色。忽闻阎公由井飞京，遂决定赴京晋谒，因渝迟无机，乃于十二月二十九日搭乘民生公司夔门轮等，沿江东来，一月十一日平安抵京。因在途为时稍久，阎公元旦已回井，趋谒未遂，随小留一日，离京转沪，探视亲友，不数日国事剧变，在和战未决中，总统引退。返井不可，留沪亦非，随应赵同学习恒之请与数同志商定暂赴台湾以应局变。

一月二十六日购妥中联公司太平轮客票，当日下午七时先将行李上船，留人看守，二十七日上午在海港检疫所种痘，十二时前同行十三人全部登轮，静候开驶。该轮牌示原定同日下午二时启碇，直驶基隆，不悉何故，竟迟至四时二十分启碇离沪。船行约七八小时后（报载系行至浙江洋面由舟山群岛白节山附近），时当深夜，余在舱内忽听砰然一声，继有铁链急放声，心知有异，乃出舱探视，得悉太平轮与建元轮互撞，建元轮被撞后，立即下沉，见水上漂浮多人，太平轮急放救生工具多件，搭救上船大约二三十人。当建元轮沉没后，太平轮尚以为本身无恙，继续驶行，经旅客发现下舱进水急报船长时，船上始悉舱身进水有沉没危险，乃开足马力向右方海岸急驶，无如进船水势颇凶，甫一刻钟，船身即陆续下沉，及灭顶时约为子夜十二时一刻也。

先是得悉太平轮下舱进水警息后，赵君习恒叫余夫妇随同邱委员渝川报告轮船遇险，请速登甲板。报告毕，三人即向后转抢登甲板梯，急挤而上，余与内人先登驾驶台，四周一望，见船已开始下沉，自思虽置身高台，亦绝难免落水，乃于秩序混乱中急跃下驾驶台，抢登右边救生艇，奈人已挤满，无法插足，改向左救生艇挤登，亦情同右艇，乃于忙乱中在左艇旁抓到救生木箱。箱上有盖，长宽均约五尺，厚尺许，板周围以绳，即两手紧握板绳，作准备落水状，余之内人在余身右亦握紧板绳待变，同时板绳尚有其他旅客七人（共九人）。回头看船，已不能驶行，船头及右边首先下沉，左后亦随之下

沉，忽闻一重大爆炸声后（盖系海水入船锅炉炸毁）船身沉没，仅露
驾驶台，台上电灯尚未熄灭，我与救生板全部落水，漂浮海面，随波
漂流，目睹一片人头，暨各式木板，四足朝天方桌，行李卷等，随波
浮动，人声嘈杂："妈呀！""救命！""阿弥陀佛！""耶稣救我！"
一片惨叫声，此情此景，惨不忍睹，惨不忍闻。是时，遥见太平轮沉
没地点之右方有大船两只，红灯频照，但未行进，经众口呼救，并无
抢救模样，迨太平轮全部沉没后，海上一片漆黑，对面不见人，即开
始最多之生死挣扎矣。

我初随救生板，落于水中，因不习游泳，竟喝水三口，顿感压力
太大，气往下行，乃努力挣扎，设法爬至板上。奈板又随重点倾覆，
仍有喝水危险，再加努力，反身移坐木板中心，两手握紧左右两边之
板绳，木板左倾我身则右斜，木板右倾我身左斜，木板前覆则我后
仰，木板后覆则我前倾，板周旅客则均在与海水作拼命挣扎，虽板周
重量随时发生倾斜变化，幸我身坐木板中心，任其前后左右倾斜皆可
随机应变。沉没危险，似可渡（度）过，内心稍安。

漂流约半小时后，遥见一大船以红灯闪照，海面漂流之难友，即
其惨叫"救人""救命"，该船只远照以红灯，不见有抢救行动，船停
人漂，愈望而愈远，使人悲忿失望之心情，又气又恨。漂流约一小
时，仍可望见隐约之红灯，然已由失望而绝望矣！

从此茫茫大海，一片汪洋，除听得继续之呼救声及怒涛声外，别
无所获。福无双全，祸不单行，落水恐惧，已足使人精神受极大威
胁，而天气冷冻之严酷，直可使活人冻僵，身穿衣裤，全部湿透，加
以酷冻，身如贴冰，浑身发抖，牙齿互撞不已。幸方寸未乱，神志清
明，乃默思克冷须火，火从何来，只有实行局部运动，方能生热。乃
先以军帽作冰激凌机式的运动，摩擦头顶果然生效，头既不冷，左手
又作蒸汽机式的运动，左臂又活动自如，右手运动亦如之，手亦不冷
矣，两腿均在板上不敢起动，只能作屈伸式的运动，腿亦可不僵矣。
每运动一次，可以支持半小时至一小时，如此运动三四次，冷冻问题方

告解决，无奈又起抢脸风，风高浪大，十足骇人，沧海孤板，随浪浮沉，板上难客，真不之如何是好，但把握现实，绝不放松，两手紧握板绳，腰身垂直板上，板上原有凝固之黑油，经水泡软，将我大衣如胶似漆的粘住，随波上升身往前倾，随波下溜身往后倾，如登浪秋千，初尚心跳，移时习已成惯，任风高浪大，亦不足为害，但心想如此漂泊，漂至何时何地为止？

　　东方既白，晨星不见，遥见一白色船只向我行进，乃先举帽示意，继喊"救人"，船头立有三四人指手划足，愈来愈近，乃至船首，见有四绳下垂，前二绳未赶及，一手强握第三绳一手仍握绳板，手上有油绳未握牢，恐遭滑脱，舰上又向我投下细长绳一条，抢绳入手，紧束腰间，尚未系好，板已靠船，船上又放下粗麻绳一条，绳头有环，急钻环中，两手紧握环端，五个水兵将我拉起，随我漂流六小时之救生木板，始离我而去。而板间原有之七旅客，并不知何时离板，与我同时落水之爱妻，亦不知何时脱板他去。饱受水泡，饱受风冻之同板难友八人，均被无情海水洗淘净尽，被救者，仅我一人而已，当时廿八日晨六时半也。

　　被救上船后，舰上官兵先赐饮红色药水，后扶至该船机器间，温度高暖，遂将湿衣逐件脱下，已油腻不堪，水兵赐以干燥碎布，依次将身上油渍擦去，换以水兵衬衣裤及毛袜，指地命卧。在休息中，水兵赐以纸烟，少顷又赐饮咖啡，又顷以肉丝伴汤，痛饮四杯，乃觉腹内生热，逐渐遍及全身，半夜寒冻，从此方被驱逐，心情稍爽，长出一口气，默念此一生命或又可保全矣。顷刻水兵请赴浴室洗澡，赐以毛巾，引导入浴间，手足尚不能运用自如，水兵又照料扭开莲蓬水管，直浇头上，流至足下，尽情痛浴毕，水兵又照拂将身上擦干，引回机器间，身暖心静，酣入睡乡。被如此热诚搭救招待者约二三十人，此船一面救人，一面不断向吴淞口行进，到达吴淞前半小时，水兵唤醒各难友，告知我等脱下衣服已全部洗出，晒在甲板上，请自行认穿，心中默想天下竟有如此热诚人，岂不怪哉！及登甲板一望，横绳数条，满晒洗出衣物，惊愉之情，莫可言喻，将衣穿好后，觉袋中原有物件，似均无余，方考虑中，水兵面告袋中对象，均另置一桌上，请自行辨认检收，我仍将原物将原袋，图章名片钞票日记本身份证件等件件俱全，未短一张名片，未短一块钱金元。至此始询知此船为大英帝国所属之澳国军舰华尔蒙哥号，舰长为冷林顿，全体官兵文化水平极高，皆认定"人生以服务为目的，遇此救生机会，乃所以表现人生效用者"，与我国部分同胞之动辄搜人腰包，乘人之危，害人之命者相较，何啻天渊，由此可知英国以英伦三岛，能称雄于世界者，其事并非偶然也。

是日下午二时舰抵吴淞口，换乘海关汽船，开船前全体脱险旅客列队向大英舰长及全体官兵立正致敬，表示谢意。下午六时返抵外滩第三码头，太平轮所隶之中联公司已派人来接，用汽车分别送往大陆、金山、新世界等饭店休息，并供给食宿。到第一杯啤酒进口时，诸难友齐告高呼曰："我等真正得庆重生矣。"

脱险以后，痛定思痛，建元太平两轮共载旅客千余人，而被英舰搭救脱险者仅三十五人，与我同行大小男女十三人，除我以外，均迄无下落，脱险旅客中，多有会游泳者，而我则不会泅水，然竟能在惊涛骇浪中支撑六小时之久，最后被救脱险者，其故安在？关心亲友，多以此相询，经余再三考虑之后，除属于迷信范围托天保佑种种说法外，主要关键约为下列数点：（一）顽躯素健摒绝烟赌，奋斗十余年，身体从无损伤。（二）应付重大变局，须有自力更生原则：（甲）一颗镇定的心，（乙）一个机警的头脑，（丙）万能的手，（丁）万能的足。（三）受阎主任"中"的哲学理论之熏陶，不知不觉在遭遇大变时适用了"中"的哲理，发挥了"中"的哲理之伟大效用。（四）人必须能自力更生先求得本身之存在，然后方可等待外来之援助，无外援固不能得到最后之脱险，然如不能自力更死为生，先保持本身之存在，则大水无情，早被淹死冻死，虽有英舰来救，其奈死者不可复生何！

脱险返沪后，关怀亲友，多来慰问，有谓"大难不死必有大富大贵者"，我则谓富贵不敢望，经此大变，未与同舟之人一并遇难，则对国家社会长官组织个人家庭长辈亲友等应负之责任綦重，定当忠勇奋发励精图报耳。

或有亲友告我："孟子曰：天将降大任于斯人也，必先苦其心志，劳其筋骨，饿其体肤，困乏其身，动心忍性，增益其所不能。你此次遭遇重大困难，均能一一克服，足证将来必担大任无疑。"我沉默良久。念及当此乱世，苍生涂炭，假定幸而言中，或系我在人间应受折磨，当未受尽耳，有何大任担当耶！

此次同行共十三人，计邱监察委员渝川邱次公子民怀，韩恕基同志暨韩之夫人武佩女士克强晋强二公子，段炳昌同志，我的爱妻康俊卿女士，蒋经理习恒，范绍蠡先生，刘泰和先生，郭松明同志等，我幸被救。其余十二人，截至脱稿时止尚无下落。追怀十三人中有系多年长官，有系可共患难共生死之基本同志，有系多年同学，始终愿共事业之友好，有系形影相随左右不离、廿六年之发妻，闭目相思，音容犹在，遽尔分袂，愧憾曷极，如苍天有知，切望大开宏恩，慈航普渡，果能得庆团圆于今世，当亲献整猪整羊焚香跪祷也。

被救返沪途中，难友卅余人，共同商定成立太平轮遇难脱险旅客善后委员会，推我为首席代表，另推代表四人，共同负责交涉处理有关被难一切善后事宜，结果如何，容后续志。

太平轮遇难脱险旅客李述文记于上海大饭店 125 号电话 97090 卅八年二月三日

附 记

一、简历：李述文，四十三岁，山西长子县张店镇人，北平朝阳大学毕业（法学士），曾任太原绥靖公署服装处少将处长，连续担任被服补给工作十一年，去年当选为立法院候补立法委员，太平轮遇难脱险暂任善后会首席代表。

二、征求对联

请对上联
下联：太平洋上太平轮不太平

葛克证函[1]

太平轮遇难脱险旅客记述乙份

国防部参谋　葛克口述　二、廿三

太平轮失事后被救生还旅客

葛克自述　民国卅八年二月廿三日

卅八年元月奉命调赴台湾警备司令部供职，乃于元月廿四日携眷由京来沪（计同人十三人，连眷属等共廿五人）。廿五日购妥中联公司太平轮客票，廿六日乃全部登轮，静候开驶，该轮挂牌原定廿七日下午二时启碇，不悉何故，竟迟至四时廿分始启碇离沪。船则约八小时后（事后始知浙江海面白节山附近）于蒙睡中，船身砰然震动，初以为搁浅，继乃得悉与另一轮碰撞（后知为建元）。建元被撞后，立即下沉，太平轮尚以为本身无恙，而船员及茶役等亦请旅客安心，继续行驶，经发现下舱有水浸入时，余乃接内子及三小儿随众客挤登甲板，本欲攀登救生艇，奈人已挤满，无法插入，是时余抱长男及次女，余妻抱幼子于怀中，并挽余之右臂，立于烟筒左侧，紧紧拥抱，精神早已慌张失措，一切只有付诸天命。

船首右部已渐下沉，转瞬间砰然一声，忽感一身冷气，知已随旋

---

[1]　上海档案馆保存的太平轮沉船事件第四号证据。

浪堕下海中，妻儿业已失散。余连喝水数口，乃努力向上挣扎，得浮于水面，获一木箱，乃推向灯塔方向划行，奈适退潮之际，不能随心所欲，反越漂越远，而木箱亦因离身不远，遂乃弃箱就板。后又继上二人，三人端坐板上，下半身浸于海中，乃开始漂流茫茫大海上，作生死之挣扎。落水时之恐怖，已使精神受极大打击，而天气寒冷，全身又湿透，致返沪后手还发麻，虽经多日诊治，但筋骨仍时感不适。

东方渐白，遥见一巨轮向我方驶来，乃勉力嘶喊求救，及天已明，见一小汽船前来，救吾等登大轮（共卅八人）。上船后，即将湿衣脱去，以干布拭身，围以毛毯，送入大锅炉房取暖，继以可可、肉汤饮之。澳国军舰官兵对吾等之热情，赤诚之友谊，实乃人类最高道德之表现，使人永恒不忘，铭感五中。

二时许抵吴淞口，换乘海关轮船来沪，次日（廿九）余因病即入四明医院就诊，至今两腿外伤仍未痊愈。

回沪已廿余日，中联公司对生还旅客仅借两万元零用费后，即无下文，而对死者更以拖之方式，不即不离，以馁其气，希能不了了之。让社会人士寄予同情，政府更以最大正义与追究，以为此千余人生命之悲剧者呼冤。

对失事事后之研讨我见：

一、两轮互撞后船员及茶役称"太平轮船首部与建元轮腹部互撞，建元立即下沉，太平轮约半小时始下沉"，其责任问题有待专家作技术之研讨。

二、太平轮出事后，两救生艇始终未能放下，而又无人过问，致满坐乘客最大救生工具随轮沉没，可证明船员平日无训练，责任心更显不够，救护设备不周全，不能应付急救，故生还者无几。

三、开船时间造次更改，致有此惨剧发生。

四、载重过吨，全船无空地，非货即人，致出事后加速此轮之下沉。

五、气候无雾、无风，驾驶人因过年酗酒，懈其职责，致造成此海上奇闻。

太平轮旅客脱险的一封信

周侣云

> 周女士现在国立交通大学肄业，于遇救生还到沪外，写信报告她的双亲，叙述失事以后旅客们怎样跳水逃生，一个不会游泳的小姐怎样得庆生还，无疑是一篇生动而真实的实事纪录。
>
> ——编者

亲爱的父母亲：

此信到时，想你们定已收电报了，关于我死而复生的消息将怎样使得你们高兴啊！十一点五分（指失事那天，一月廿七日深夜——编者），我们被船的猛击撞醒了，听船员说：我们的船和建元轮相撞了，而建元渐渐下沉。跑出了舱门，就听见一片悲苦的呼救声，我眼看着建元轮在五分钟内就沉没了，好多人都浮在水面上呼救，而我们的船，仅救起了他们两个人，就预备继续前进。功哥（指她的同学叶以功）说：假使我们像那些人一样浮在水面上呼救不应，将是如何不堪设想的事啊！

但是建元完全沉没后，我们的船已根本无法前进了，后舱已充满了水，功哥说：我们得赶快准备，于是抢了两件救生衣，他先自已穿好后，我们一起挤上救生小船。我不会穿，于是他给我穿好，他教我要竭力镇定，不要怕，并且教我下水后不要慌而乱动，用两只脚好好的打水。但他自已是会游泳的。船上的人因为慌了，大家都挤在救生船上，船主毫不管事，结果救生船并未放下水，等到船已万分倾斜的时候，救生船还尚未放下水，绳子用刀也割不动。一会儿，我们觉得下脚全是水，忽然水到半身，再忽然船就完全沉下去了。

起先我的手还和我功哥牵在一起，但是一阵海水涌上来，大家失去知觉，我只觉得身体往下沉，水从耳边滑过，还可以听见水从耳边滑过的呼呼声音，好像身体被夹在什么东西里，水不断从嘴、鼻、耳里进入肚子，我一时想着什么都完了。但是我感觉得在海水里淹死太难受了，我觉得这样死太不值得，我宁愿死在炮火里或实验室里，我还想到你们将如何发急。奇怪得很，我淹在水里，脑筋一直很清楚，很镇静，心里一直镇定，以为不会死，简直像做梦，我心里一直在想我真的就死了吗？真的就死了吗？总之：我是不死，我忽然想起功哥教我怎样浮出海面，我真的用两脚不断好好地划水。

说也奇怪，人便真的渐渐向上腾了。浮出了海面，我便想我是得救了。抓住一块木板，但是木板太轻又沉下去了，又抓了些死尸，还是不行。结果不知怎的，被冲进一个大方木块，有四五个人坐在上面哼，我抓住一个铁柄子，但是力气又用尽了，而且棉袍子浸在水里太重，无论如何爬不上去。我拼命向那几个人呼救，他们毫不理睬，一来他们的气力也用尽了，二来方木块上坐多了，容易下沉。我叫了好久以后，才有一个人肯拉我一把，总算爬上去了。

原来这块木就是浮筒，不容易沉，这时我才开始觉到冷，浑身打抖，直挨到翌晨七时许，才有一只英舰来救。我浑身都失去知觉，他们把我拉上救生小艇，再用绳子吊上大船，然后把湿衣服都脱掉，用毛巾和热水擦，穿上干的浴衣，吃了一杯酒，和两杯咖啡，睡在他们有火炉的床上。

下午两点钟，到了吴淞口，上了自己的船，然后到了外滩，棉袍等依旧很湿，他们把浴衣送给我了。船到码头时，看见功哥的父亲走来，他要哭了，但我有什么办法安慰他呢？我们两只船上那么多人，仅卅八人获救，四个人被救上来时已经冻死了。不过我听说一部分人被救上另一只船，开往香港去，还有些人被冲上附近的小岛去。

叶舅把我送回交大就回去了，现在我眼睛一闭上，就觉得身体漂浮在水里，渐渐往下沉，往下沉，我想一定是上天不允许我去台湾的……[1]

（《轮机月刊》）

---

[1] 据另一生还女性王兆兰口述，周侣云是太平轮受难者被澳大利亚军舰救起的两名女性之一，在船上她英文流利地与军人交谈。据报载当时她父母亲人都在台湾。

一九四九年太平轮剪报录

序号	日期	报纸	新闻标题	新闻摘要
1	1949.01.21	《台湾新生报》	● 太平轮 0122 启程上海之广告	
2	不详	《台湾新生报》	● 太平轮被难家属公祭筹备	定于 0228 于中联公司重庆南路 1 段 106 号举行公祭
3	1949.01.30	《台湾新生报》	● "太平"轮自沪返台在白吉洋失事与建元轮互撞同遭沉没 五百余搭客获救卅七人	1. 启航时间：1949.01.27 下午 4 时 18 分 2. 失事时间：1949.01.27 晚上 11 时 25 分 3. 往返地：上海—基隆 4. 失事地：舟山群岛附近浙东海面东经 122 度 30 分北纬 30 度 30 分 5. 太平轮旅客共计 508 人，载重 2500 吨 6. 获救 37 人，男 32 人，女 4 人 7. 中联台湾重庆南路分公司朱经理出面说明 8. 家属善后委员会：陈守脉、齐杰臣、刘子润、秦光成、高正大、杨洪钊、刘布源、单锡栋、金翊虞等九人
4	1949.01.31	《台湾新生报》	● 中联公司传将宣告破产 ● 家属昨赴警局请愿要求将该公司在台财产假扣押，负责人予以交保 ● 太平轮遇难家属善后会昨日下午招待记者 ● 王正本代表报告声泪俱下要求彻查肇事真相并追究责任 ● 太平轮脱险旅客乔健谈肇事情形：满天星斗当时并没有雾 船员喝酒驾驶无人负责 ● 遇难旅客颇多要员 ● "太平"惨话 / 周贯经	1. 太平轮遇难家属善后会王正本先生（独子搭乘太平轮来台）代表报告，共计 21 人，分总务、调查、联络三组 2. 旅客 508 人，在船补票、船员共计 700 余人 3. 获救 37 人 4. 传出盛京轮曾救出若干人及另有两百人遇救之消息，均待证实 5. 太平轮遇难当时曾发出告急警报，但中联沪总公司置之不理。直至 28 日始派两艘前往，归来时"一无所获" 6. 中联分公司直到家属逼问前，均隐瞒消息 7. 家属向中联分公司要求合作处理善后，但分公司负责人置之不理，且避不见面 8. 乘客含：前辽宁省主席徐箴全家、总统府机要室主任毛庆祥之子毛信永、毛孔永，中央银行首批派遣赴台人员三十多名及大批文件，陈果夫之"别客"汽车一辆

序号	日期	报纸	新闻标题	新闻摘要
5	1949.02.01	《台湾新生报》	●"太平"轮遇难家属 ● 昨午觐见陈主席 ● 浦秘书长代见允予协助 善后委会决定重金悬赏营救搭客 ● 赴沪代表来电 ● 海川轮赴失事地点勘查 ● 在沪家属昨午招待记者	罹难者：省府前主任秘书罗理之父、台湾银行总经理瞿荆州之弟
6	1949.02.01	上海《申报》	● 太平建元两轮互撞沉没 ● 千余人没顶救起卅八人	1. 建元轮为益祥公司所属，74名船员仅2人获救 太平轮获救者： a. 船员：张成来、张海鹏、陆阿余三人 b. 乘客：一人姓名不详、吴惠康、李荣庆、高毛男、朱大华、萨炳、秦瘦喜、蔡梅华、叶伦明、陈金星、徐兴道、贾子明、汤六子、郭捷克、廖南毅、李治文、林世宝、吴子超、郭超生、雷文生、罗文林、罗文炳、曹昌秋、荣小宝、周元祥、胡尚富、孙在方（以上均男性）、周起秀、王兆兰、周兰英、林阿喜 c. 建元轮获救为三管车唐阿珠及一伙夫 3. 罹难者：本市东南日报经理刘子润妻女2人、陆军训练司令部战术教官齐杰臣之妻女兄弟4人
7	1949.02.01	上海《大公报》	● 浙东洋面大惨案：太平、建元轮互撞沉没，前辽宁主席徐箴全家均罹难 ● 被难旅客家属交涉办理善后 中联公司曾被捣毁 ● 太平轮乘客名单	1. 中联轮船公司客货两用，载重2093吨，1949年1月27日4时三刻，装载货物2000多吨及购票旅客508人，自沪驶向基隆，晚11日三刻吴淞口外与益祥轮船公司之建元轮（自基隆来沪，装载煤炭木头及2000多人，为中新纱厂总经理荣鸿元所有）相撞 2. 救起旅客32人，太平轮船员4人，建元轮2人 3. 罹难人员：前辽宁省主席徐箴全家，国防部第二厅调台人员高回彬等30多人，毛庆祥之子毛孔永、毛节茂，国大代表、北平市政府参议、中国回教协会北平分会理事长，翡翠商巨子常子春，台湾陆军训练司令部教官齐杰臣家属5人，中帙表行卷宗账册18箱，押运员6人计李彝（业务局）、张燕甲（业务局）、周忠延（发行局）、张阶平（国库局）、

序号	日期	报纸	新闻标题	新闻摘要
			● 太平轮获救乘客挥泪话余生 ● 救获乘客 分别致酬	王大焯（会计处），仅廖南毅（秘书处）生还，《东南日报》亦有整套印刷器材、白报纸及参考资料100多吨，前教育部长朱家骅行李5件。 4. 家属提出三点要求 5. 特等乘客、二等乘客、三等乘客 6. 获救乘客名单：吴惠康（27岁）、朱大华（29岁）、萨炳（39岁）、叶瘦喜（31岁）、叶伦明（28岁）、陈金星（31岁）、徐兴道（44岁）、甘子明（29岁）、汤六子（41岁）、廖南毅（43岁）、李治文（47岁）、林树宝（35岁）、吴子超（23岁）、郭超生（29岁）、雷文林（37岁）、罗洪炳（40岁）、曹昌秋（32岁）、周元祥（20岁，船员）、胡尚富、周启琇（17岁）、王兆兰（15岁）、周兰英（17岁）、林阿喜、蔡茂华（23岁）、葛克（34岁）、朱文新（24岁）、李荣庆（41岁）、高慕南（37岁）、胡尚富、孙方才、朱作道、曹杰、张成、张海鹤、陆阿余、乔钟洲、何崇夫、卢鸿宾、周侣云 7. 乔钟洲、何崇夫、卢鸿宾：11点45分和建元轮丁字形相撞，次晨7时澳国军舰华尔蒙哥号救起36人 8. 中联将生还者安置在新世界、大东、大陆旅馆后避不见面
8	1949.02.01	《中华日报》	● 中联悬赏搜寻生还旅客及罹难者尸体	1. 营救生还者，每人一千万元 2. 捞获尸体者，五百万元 3. 因报告地址而寻获者，三百万元
9	1949.02.02	上海《申报》	● 太平轮下落不明 整日搜索无结果 ● 勘查轮流住海上将继续搜索	1. 江海关海务科公告两轮沉没地点 2. 省府秘书长浦薛凤接见被难者家属
10	1949.02.02	《台湾新生报》	● 省府陈主席关怀"太平"轮遇难旅客 ● 致电有关方面协助营救	1. 陈主席致电交通部、全国船联会、上海市府、浙省府，转饬各县协助搜索 2. 空军指挥部专请空军总部派机前往搜救 3. 除前有37人获救外，另有李心镜、钱湘寿及一名军官脱险
11	1949.02.02	上海《大公报》	● 社评：海上又出惨剧	1. 驾驶人能力　2. 太平轮逾龄，救生设备不全　3. 轮船超重
12	1949.02.03	《中华日报》	● 生还二人	1. 沪船业公司联合会理事长杜月笙 2. 澳洲兵舰营救36人生还

序号	日期	报纸	新闻标题	新闻摘要
13	1949.02.03	《台湾新生报》	● 太平轮失事已六天 ● 家属昨召开紧急会议 决定加强组织进行善后 请求将该案重心移往台北	
14	1949.02.03	上海《申报》	● 两沉轮尸体可能已漂散 ● 遇难者家属办善后 ● 包机侦察毫无所获	上海《申报》驻福州特派记者陈正宇罹难，其弟陈守廉处理善后
15	1949.02.03	《中华日报》	生还者周侣云写给父亲的信	父亲南靖糖厂周厚枢描述被救细节
16	1949.02.03	上海《大公报》	● 治办善后，中联公司总经理周曹裔定今晨与旅客家属晤面	1. 失事地点：白洋山、白节山、三星山间三角航线，难驶 2. 中央银行当年卷宗，运厦银元200多箱，每箱5000元，计100多万元 3. 钱湘寿由英舰搭救到沪，购票乘客中东北各省占40名，含《时与潮》总编辑邓莲溪与徐箴（徐一正）全家前往台湾欲筹办出版事宜，前天津市长张天锷次子张仲兰。另河北参议员瓮墨山经证不在此船
17	1949.02.04	上海《申报》	● 探索沉轮罹难客海川轮继续进行	海川轮隶属招商局
18	1949.02.04	《中华日报》	● 台湾律师	1. 律师：陈国扬、许鹏飞，会计师：周何圣 2. 赴沪家属代表：胡关仙、沈锡衡 3. 上海中联登广告，表示愿意负刑事责任，但已经没钱 4. 家属决定对中联提出告诉
19	1949.02.04	上海《大公报》	● 轮船失事原因／王淦恒 ● 太平轮失踪者公司继续搜寻中 善后今天联席商量 ● 四女客生还 目击者交大一年级生周侣云说	1. 胜利后，轮船大量增加，船员素质低，仅持准考证就可驾船 2. 船公司不注重救生设备，华联轮十个救生艇九个漏水 3. 五女客受澳船救起，一女受寒死去，遭澳船丢入海中

序号	日　期	报　纸	新闻标题	新闻摘要
			● 中联公司来函说明太平轮载重问题 ● 派机飞往侦察结果亦无所获 ● 太平轮失踪旅客尸体尚未被发现 海川轮搜索仅找到行李	4．太平轮载客规定 514 人，仅售票 508 人。钢铁仅有 200 吨，非外传 600 吨 5．昨天包中央航空公司 XT1503 号由龙华机场直飞汉姆岛，随机人员有公司代表孙广桢，家属王至和、沈道钦、盛斯济、毛敏华 6．海川轮已在失事地点两天，现前往水蛟、黄龙两小岛，岛上治安甚坏
20	1949.02.05	上海《大公报》	● 无力赔太平轮损失，两保险公司倒闭 ● 海川轮返沪 善后委会昨举行谈话会 公司表示设法捞尸	1．华泰产物保险公司黄寅初、鸿福产物保险公司毕弗益潜逃。财政部、上海金融管理局彻查 2．海川轮返回。家属六点要求：(1)速捞尸 (2)救援金 1 万 (3)抚恤金白米一百石 (4)公司负责一切损失 (5)追究失事责任 (6)军警宪联合保护善后工作
21	1949.02.06	《台湾新生报》	● 太平轮乘客家属向台北地院起诉 ● 海川轮搜索一无所获 ● 上海家属交涉情形	1．太平轮被难家属百余人联合签名具状台北地方法院，控告中联公司 2．据沪电：家属聘请章士钊、杨鹏（前高院院长）两律师为法律顾问 3．中联公司决定在沪办理抚恤被难家属事宜
22	1949.02.07	《台湾新生报》	● 最惨是生离死别 / 沈源璋	1．相撞三原因（民间说法）： a. 建元轮与太平轮均在戒严时期航行，抄小路走，以致驶错了航线 b. 太平轮载运钢条 600 吨超过载量 c. 失事时，太平轮船员及茶房均饮酒作乐 2．记者分析法律责任归属 3．苗庆泉先生，北师六届毕业生，于新竹中学教数理，其长子罹难 4．罹难者黄武 5．邮电局职员张铁民，其妻与两个孩子罹难 6．天津《盖世报》女记者张鲁琳，其夫为香港《工商日报》记者张煌，也在本次失事中罹难 7．中央社女编辑周淑环，姊弟罹难
23	1949.02.07	《中华日报》	● 律师广告	勿买中联财产，以免纠纷（防中联脱产）
24	1949.02.07	上海《大公报》	● 悼《时与潮》杂志社邓莲溪兄 / 许君远	《时与潮》社总编辑。战火未熄，民命不值，交通局忙于军运，顾不及民安

续表

序号	日 期	报 纸	新闻标题	新闻摘要
25	1949.02.08	《台湾新生报》	● 中联台北公司 ● 供应被害家属膳宿 ● 已知台籍罹难乘客卅四人	1. 海川轮搜救后，证实之前 200 余人获救消息不确 2. 永明军舰驾驶某君称，此次海难，应由太平轮负肇事之责任 3. 罹难者刘振寰先生，其妻张洁然带着两个孩子、怀着身孕住进中联分公司（重庆南路 101 号） 4. 据台湾旅沪同乡会消息，证实台籍罹难旅客共计 34 人，其中女性 1 人
26	1949.02.08	《中华日报》	● 委员会广告	勿擅自对中联要求赔偿（集体）
27	1949.02.09	《中华日报》	● 委员会广告 ● 律师广告	勿擅自对中联要求赔偿（集体） 勿买中联财产，以免纠纷（防中联脱产）
28	1949.02.10	《台湾新生报》	● 呼吁主持公道 ● 太平轮被难旅客家属委员会彭维冈	1. 袁家姑小姐，兄遇难 2. 胡新惶先生，樟脑局任职，弟遇难
29	1949.02.11	《台湾新生报》	● 太平轮难属善后会 ● 今午召开紧急大会 ● 同时招待本报记者报告 ● 传杨俊骙船长未在船上	1. 太平轮被难家属委员会，2 月 11 日举行大会 2. 盛传杨俊骙船长在该轮失事时并未在船上，但未获证实
30	1949.02.11	上海《大公报》	● 高雄法院扣留安联轮	安联轮装满水泥，准备开往福州，法院扣留。另家属打算搬住华联轮，促公司出面
31	1949.02.12	《台湾新生报》	● 太平轮难属昨会议 ● 并招待记者再呼吁 ● 定今午向立委联谊会请愿 ● 乐坛的损失——国立音乐院长吴伯超乘太平轮迄今无下落	1. 太平轮被难家属委员会，于 2 月 11 日举行大会，出席家属百余人，还有中联分公司朱祖福经理 2. 国立音乐院院长吴伯超因公搭乘太平轮来台，迄今尚无下落
32	1949.02.12	《中华日报》	● 家属对朱祖福要求六点事项，朱答应三项	1. 中联登报道歉 2. 给家属每人 1000 万元，以利工作 3. 交账簿

序号	日　期	报　纸	新闻标题	新闻摘要
33	1949.02.13	《中华日报》	● 空军、杜月笙调查报告	
34	1949.02.16	上海《大公报》	● 中联公司昨未答复 ● 失踪旅客未发现，海川轮已返沪	1. 中联律师：江一平、虞舜、夏公楷。家属律师：杨鹏 2. 海川轮仅带回照片二十多张，供家属认领
35	1949.02.17	《中华日报》	● 生还二人对撞船时的详细描述	1. 太平轮自行撞船，建元轮有信号灯，太平轮则无 2. 救生艇没有放下 3. 船长、船员先跳船了
36	1949.02.17	上海《大公报》	● 太平轮是怎么样失事的 / 太平轮生还者徐志浩撰	太平轮原定 4 点开船，因装货至 6 点方驶。售出船票 2500 张，前舱装有 400 吨钢条及中央银行银元金条，前后舱重量不平衡，造成失事后前舱一面倒，加速了下沉。6 点实施戒严，船急驶以逃过戒严哨。熄夜航灯避人发现，以致建元轮看不见而撞船，太平轮大副喝醉，交由三副司舵，三副睡着忘记调舵，两船相撞。船员未机警放下救生艇，即使放下亦割不断绳索，无负责人指挥急救。
37	1949.02.18	《中华日报》	● 悼太平轮 / 拾叶	
38	1949.02.23	《中华日报》	● 家属救济金：一万金圆	相当于三十五万台币
39	1949.02.27	《中华日报》	● 宣言 ● 宣布 2/28 公祭	1. 宣言：要求严惩祸首，不达目的绝不终止 2. 明天于中联公司公祭（重庆南路） 3. 要求高雄地方法院扣押安联轮
40	1949.02.28	《中华日报》	● 民众捐献状况	
41	1949.03.01	《中华日报》	● 公祭	
42	1949.03.05	《中华日报》	● 各界捐款	1. 时代工程总经理：沈锡衡 2. 储贸瓷庄：倪骥哉 3. 台湾工矿公司：李带妹（捐两万）
43	1949.03.09	《中华日报》	● 委员会在国际妇女节向民代陈情	立委谢娥接见代表，表不平
44	1949.03.11	《中华日报》	● 家属向监委陈情	监委王冠吾表示愿尽力调查太平轮，并认为华联、安联轮应该拍卖

序号	日期	报纸	新闻标题	新闻摘要
45	1949.03.11	上海《大公报》	● 安联轮事件缠讼 中联公司对高雄地院提地抗告 地院仍将安联轮假扣押	1．太平轮遇难家属王正本提出假扣押安联轮，如能提供白米 80 万担，每担 100 市斤，准予停止假扣押 2．中联提出七点抗告：（1）无逃匿之虞（2）原申请人资料不全（3）请求数额浮滥且白米较食米昂贵（4）被抗告人诈求白米，非金钱不符（5）太平轮建元轮过失未定（6）太平轮因碰撞而非过失失事（7）假扣押行驶中之安联轮，中联收入骤减，万一中联不必负责，其损失何所求偿 最后结果：提出假扣押安联轮，如能提供食米 12.96 万担，即停止假扣押
46	1949.03.17	《中华日报》	● 正确出事地点	1．正确出事地点：白苑灯山西南方 4000 余尺处 2．发现者：某外商轮船
47	1949.03.17	上海《大公报》	● 太平轮乘客浮尸一具漂流至日本 日渔人在长崎港捞获 查明死者名为袁家艺（袁家姑之兄）	河南人，持头等舱票
48	1949.04.01		● 法院首次审理	

目录整理：李介媚、薛立璇

成表时间：2005-1-31

太平轮是怎样失事的

按：徐志浩君是此次太平轮失事后生还旅客之一（报纸的生还名单中漏了他的名字），他这篇报告生动翔实，谨披露于次，以告关心太平轮失事的各方读者。

（一）最后的晚餐

这是农历大除夕的前夜，太平轮本来定在四时正开船，因为装货把原定的时间延迟了两小时，直到晚六时后才能启碇。太平轮吨位本不大，全船载重只有二千余吨，旅客舱位只一千余，而公司方面因为贪图厚利，售出船票竟在二千五百张以上，再加上无限制的装货——前舱装有四百余吨建筑用的钢条，及大批中央银行运台的银元金条，遂形成前后舱重量的不平衡——以致造成了失事时轮船的加速下沉。这责任是公司无可逃避而不能讳辩的。

一月廿七日下午六时许，在装货完毕之后，船以最高速率驶出吴淞口，直航台湾，那时水面正实施戒严，驾驶人员因为要逃过水上的戒严哨，再则要赶到台湾过年，所以行船的速率达到这船所能快的最高峰了！而且船面的夜航灯，亦因避免被人发觉而熄灭掉，以致后来航行忘了再点上，直至和建元轮相撞时，对方竟不能看到太平轮。这种船员玩忽职务的责任，也是公司方面所不能逃避的！这一夜船上所有的船员，正兴高采烈地吃"年夜饭"，旅客们也吃完了晚饭，想不到这一餐竟成了大家"最后的晚餐"！

（二）生死关头

十一时许船身忽有震动，一部分发觉的旅客都跑到舱面上探视，但都被船员们阻挡了回来，他们说是和建元轮撞了一下，"没关系"！因为这时太平轮仍旧很"太平"，所以旅客们也各自回舱安息。想不到就在建元轮沉没后，十多分钟时，太平轮竟大大地"不太平"起来，这时船身因为前舱载重逾重，所以前舱已大半入水，船身形成一面倒之势。于是所有的旅客，都拖男带女奔上船顶，船员们顿时慌张得手忙脚乱，到处乱跑；虽有一部分机警的旅客跑到救生艇上，但船员也没有把救生艇放下水去。旅客在这生死关头，神经过分紧张，竟有刀而不能把绳索割断，救生艇竟成了"绝命艇"，船虽失事而竟然没有一个负责人来指挥急救。

太平轮之所以和建元轮相撞，就是因为太平轮的大副喝醉了酒，把司舵的重任交给了三副，那位好睡的三副竟因一睡而忘却调舵，以致太平轮勇往"直"前，断送了太平、建元两轮上三千余人之生命！多少父母妻子，多少兄弟姊妹，就在这一夜之间成了永别。

（三）悲惨的一幕

在那生与死的一刹那间，只听见一片哭喊声，但混乱的结果，只有加速死亡的到来。船在前舱沉没后不到十分钟，就因杂乱的人们加重侧面左舷的重量而全部向左侧沉没！

这最可宝贵的一秒钟，真值得我们永生不忘，我这时已经把生死置之度外，脑海里只有一片空虚，什么也没有想到。但唯有在这生死的一刹那，唯有在这死难的最后一刻，才使人知道什么是真的，什么是假的，什么是世上最可珍贵的！我曾看见在整个船沉没时，有一个母亲用手紧紧地挽着她四个儿女，而四个孩子也都紧紧地拥抱着他们那位唯一的最后的保护者，她们都知道这是死亡的一刹那，但谁也不愿离开谁一步！最后那最亲爱最坚决不离的五口，完全被无情的海水吞了去。我也看见用手巾满包着的金条，在他们全身只剩一只头在水面时，这时价值百万金圆的金条，也都不再恋情地被送到了海的怀抱里！什么都在这时成了废物，只有生命是最宝贵的！大家都为着自己的生与死做最后的挣扎！

（四）生命的挣扎

多少人都沉没了，混乱的喊救声也逐渐少到没有，海上一片漆黑，我入水后沉而复浮。寒冷的海水，浸湿了我身上所有的衣服，我在第一次浮起后又被一个丈余高的急浪打到海水底下，喝了不知多少水后，我又重复浮起。这时我看见一只大木箱，上面已有四五个人坐在那里，我挣扎游过去，但在将到达的时候，被他们一脚把我重又踢到海水深处。我昏昏沉沉的，只听见海水的呼呼声和自己大口的喝水声，茫然绝望中我又第三次浮起！当时是我最后一次浮起，我知道自己已无力再做任何挣扎。在这漫漫无际的大海中，无一可援手者，怎能有救？忽然我看见一团黑黑的东西在浮动，我想这或许是我唯一的希望了，我用我所能有的力量划水，划呀划！漂呀漂地，漂到了那黑黑的一团旁边，原来那是一只小小的浮筒，我把自己的身体，从水中半爬半滚地上了浮筒，僵卧在上面。但在同时还有三个人的手，拉在我睡的浮筒上，他们都要求我把他们拉上来，但这时我实在无法再动弹了，最后我实在不忍眼看着他们死去，狠命拉了两个人上来之后，第三个人，就在我无能为力的时候落水不起！这在我是只能永远遗憾，永远抱歉，我实在是只能见死不救，因为我那时也等于半死了！

（五）永恒的友谊

廿八日天未明，曾有一艘中兴公司的轮船，经过我们这一群"半死的孤灵"前，我们呼救，尽力地喊号，但只见那只船置若未闻地开走了，于是我们在饥寒恐惧之下只有渐渐地等死。幸而在天明时有一艘澳国兵舰，把我们这一行卅余人救到了上海，这些异国的友人们都很热情而诚恳地照顾我们，脱去了我们湿透的衣服拿去烘干，再把他们的羊毛衣、大衣、羊毛毯子给我们御寒，给我们洗浴喝酒，我们永远感谢这些异国兄弟们，他们的赤诚真纯的友谊，永远使我们那些自私的国人惭愧！

现在我们是被救了，但我们什么也没有了，大家都是家破人亡。船公司至今没有给我们一丝切实具体的处置，社会人士也没有同情的表示，政府当局更没有适当的措施，我们不知道这社会间到底还有没有"正义"和"公理"？二千多人是牺牲定了，但如果社会人士再没有对航行事件深切的注意和追究，那么更悲惨的故事，我们还会有机会听到的。

（上海《大公报》1949.02.17）

轮船失事的原因

王淦恒

在这动乱不定的时代里，生命已失去其应有的价值。每天为炮火所吞噬的生命，我们不知确数，但数目是不会小的。我非军事专家，无法于死亡的数字上来确定战局的优劣。仅就近来一连串轮船失事所造成的死亡来谈一谈。

最近因轮船失事丧生者，数目不谓不大。"江亚"轮事件未了，沉尸尚在打捞，而又发生了"邓鉴"轮与"新瑞安"在吴淞江相撞。"新瑞安"因撞后即自动驶往沙滩搁浅，若动作较迟，或相撞地点距沙滩甚远，则吴淞江外海底，又不知增添多少冤魂。事隔不久，"太平"轮与"建元"轮又在距长江口外三十余浬的地方相撞，该地因水深，且距浅滩甚远，至"太平"轮于受撞后，欲自动搁浅，亦不可能，造成"江亚"事件以后的第二大惨剧。[1]

死千余人消息传来，全市惊震。痛定思痛，我们对这件大惨剧，不能不有所检讨。除掉"江亚"轮失事原因尚在勘察外，对于后者二次互撞事件发生的原因，很是显明。一般的看法，当然是驾驶员失职或气候不良所致，但这不过是近因，其中最主要的因素便是船员素质的低落。外界对此或许不甚了解，交通部规定凡系轮船驾驶员或轮机员必受交通部严格的考试，考试及格，才发给船员证

---

[1] 江亚轮在太平轮事件之前，翻覆于长江流域。

书，按照所发等级在船上服务，以资历学历分甲乙丙三种证书，方法不谓不善。惟自胜利后，因船员缺乏，轮船大量增加，于是便粗制滥造，一年招考数次，不问你出身如何，经历怎样，只要你在船上住上几个月，便有资格请领准考证。照交通部规定，只能请领乙种准考证者，但照样可以领到甲种准考证，只要准考证领到手，你便有资格做正式的船员了。

至于考试时，除试题浅显外，尚可私带夹带，弊病丛生，取录亦无标准，只要按时上堂交卷，准可及格。前次遇到一位监考较为严格的教授，谈到了考试的情形他说："别人马虎，我一个人严格有什么用！"言下不胜感慨，加以胜利以来，内乱不已，工商业不景气，社会上谋事不易，见到船上还有这样一块真空地带，于是稍有办法的便千方百计弄到船上来实习几个月，好在考试容易，不怕不及格。如此一来，船员虽然增多了，但素质却低得多了！我们不能不向主考的人大声呼吁，请快停止这个敷衍政绩，不要只重量不重质，为了提高船员的素质和保障旅客的安全，希望严格执行考试。

船在开航前，照例要将船上驾驶员及轮机员的船员证书，交呈航政局考核科查验是否合格，这种手续，名曰结关。目前若无船员证书，只要一张准予参加考试的准考证，照样也可结关放行。有人领了这张准考证，几年不参加考试，仍可在船上任职。准考证的意义，是要证明有资格参加考试，或已参加过考试，但不一定能担保及格，亦不一定能领到船员证书。使领有准考证的人来担任船上的职务，你能担保他不会出乱子吗？所以我们要求交通部航政局对准考证的运用应当有严格的限制。

近来有许多公司，对于船上救生设备较不注意。你要他花钱修理或添购救生用品，是不肯理会的，反正坐在办公室的经理先生们，又不需要穿救生衣。如中联公司的华联轮，十个救生艇就有九个是漏水的，我真奇怪，航政局怎么会准予出海的。

客票卖完了，等到开船前，会有一部分特殊身份的无票船客，拿着公司负责人的名片请求搭船，遇到来头大的，还要让房间给他！至于其他无背景的黄鱼，就更多了，所以每次照原票根上统计总是原本一百人，尸首却增到二百，这一百人既然纸上无名，只能当做是自己倒霉失足落水了。

中国行政当局有个老毛病，凡事不去事先预防，及至出了事，方讲深为惊讶，接着便追查责任。为了保障将来船只的安全和这数千生命所换来血的教训，我们希望交通部能注重以上几点，切实改进，否则难保不会发生比这更大的惨剧。

（《台湾新生报》1949.02.04）

廖南毅证函[1]

　　查太平轮于卅八年一月廿七日在舟山洋面与建元轮互撞沉没，本人幸觅得木板后，漂登浮筒至次日（廿八晨）七时，始遇英国澳洲 H. M. A. S. Warramunga 军舰救起得以生还，谨叙该轮出事情形分列述于后：

　　一、该太平轮系于一月廿七日下午四时半启航，原定下午二时开船，因装载逾量之大批钢铁，以致未准时启航，其重量已超过其船身固定之水平线。

　　二、该太平轮在舟山洋面出事时，船上桅灯当时未亮，在互撞之前，确未听得扯放汽笛，这是违反航行规则。出事后，亦无人主持救护，任旅客等混杂扰乱，而救生艇始终未予放下，待船自左方倾没时，同归于尽。

　　三、该太平轮救生设备不完，仅其本轮工作者有救生衣，至其他客俱无此项设备。

　　四、该太平轮与建元轮互撞时，约在晚间十二时，当时两轮电灯辉煌，风平浪静，既未抽警笛，警告对方，则其疏忽职务，草菅人命于此可见。

太平轮遇难脱险旅客　　廖南毅

通讯处：中央银行秘书处

---

[1]　上海档案馆关于太平轮沉船事件的第七号证据。

最惨是生离死别

沈源璋

访太平轮被难旅客家属

　　太平轮肇事已达两个星期了，中联总公司前后虽曾派飞机、汽艇、轮船等往肇事地点搜查，仅有公司派出的汽艇在一个小岛上发现了五具尸体，其后海川轮船仅在小岛上发现了行李和照片之外，其他一无所获，千百家属的希望，是那样的渺茫！

　　我们翻开古今中外的航海史来看，两只轮船在广宽的海面相撞，却是罕有的事。但是，这次两轮相撞的原因何在呢？据我们从那些有关方面所得的消息是说：（一）建元轮与太平轮因在戒严时间内航行，所以抄小路走，以致驶错了航线。（二）太平轮载钢条六百吨超过载量。（三）而那些获救人们的平安家信里都说是当太平轮肇事之凶，船员及茶房均饮酒作乐，个个都醉醺醺地，以致船上驾驶之人，而且当晚是星斗满天……

　　另据沪航政局消息，太平轮失事地点，正当白洋山、白节山及三星山三灯塔的三角形航道上，航轮经过此处，如有疏忽即可能失事。从上面那些事实上检讨，和沪航政局的这个经验之谈，我们已证实这是谁的疏忽了。

法律问题

　　记者曾就太平轮失事之法律责任问题，和本省司法界人士谈过，他们认为太平轮的失事，追究起法律责任，沪总公司及太平轮的船上负责人应负责，但因船上负责人下落不明，则此项责任应归总公司负责。且太平轮载重过重，听说当时船上曾拒绝再装，而沪总公司却置之不理，以致酿成惨案，自难逃脱法律责任。关于公司方面财产假扣押，当然可行，但因总公司在沪，肇事所在地亦在沪，所以家属方面应请求上海司法机关之民事刑事部分，迅速办理；并可申请上海司法机关检察部门着手调查肇事真相。至于抚恤与赔偿，在法律与人情上来讲，公司方面自应负全责，不过为着促进这个工作，家属方面能循法律之途径走，可以更捷快一点。

从新闻的报道中研究，有几点是轮船公司当局要负责的，航政当局也应当负责的。按照航政规定，对于船只的役龄，载重的限制，和驾驶人员的技能都应有严格的规定，船只要渡海时，应检查妥之后才准开行，驾驶人员的技能应考核合格后才能发给执照，因为千百人的生命财产都操在船和驾驶人员的掌握中，关系非常重大。这次太平轮的肇事，对于这些问题不能没有疑问。

但据被难生还者的信中说：太平与建元两轮都已是年龄老大，船上救生设备简陋，如果这是事实的话，公司当局未免是把人命当儿戏了。

在这次太平轮出事后，旅客的家属有将近两百人，都变成了孤儿寡妇。他们之间仅有极少数的妇女可以自力更生，但在这生活程度高压下，他们的生活和子女教养的保障，是那样的软弱。尚有大多数的妇女已失去她们生活的寄托，连子女的教养都成问题。还有少数老年人，失去了他们的亲生子女。这些惨案中无辜的牺牲者，他们的生活在风雨飘摇中，公司方面对于这群人应尽速设法优厚抚恤。

中航公司自从太平轮失事后表示，他们遭受了精神物资的损失，则委之天命绝不置意，目前惟有竭尽智力，办理善后，至于将来如果依法有应负的责任，也绝不退避。而台海中联分公司方面也表示：在任何困难之下，都愿意尽力办理善后，并且转达在台被难家属的期望。同时，在抚恤赔偿办法未具体实行前，将负责那些失去丈夫，拖了一群子女的寡妇们的日常生活，供应餐宿。

不幸的人们

记者昨日赴本市重庆南路，在中联分公司，访问了几个已经哭不成声，面黄憔悴的家属们。

苗庆泉先生，头顶已是光秃了，他今年六十岁，是北师六届的毕业生，已执教四十多年。他在一个半月前才入新竹中学教数理，因为大儿子在沪失业，所以他就克勤克俭地汇去卅三万元，叫他的大儿子、媳妇、孙子和孙子的太太同来。他含着满眶的眼泪说："我现在可以不再苦了，他们已死了，我一个人求口饱饭，总可以做到吧！我在新竹中学担任数理教员，这次家庭的不幸事件发生，我怕耽搁学生的功课，所以就辞职了，将来总可以混口饭吧！"接着他又说："我还有个小儿子现在韩国经商，已去电催他返台了。"说到这里，他凝视着明亮的灯光，不再说下去了……

张洁然是位女士，她的年纪很轻，有两个孩子，第三个孩子就要出世了，她的丈夫刘震寰也乘太平轮失踪。她是最近才从北方来到台湾的，人地生疏，又挺个大肚子，身边的钱全用光了，现在借住在一个朋友家里，她的一双眼睛已消逝去青春的光彩，她用沙哑的声音哄着身边的孩子。

一位四十岁左右的本省籍中年妇人，哭喊着说："叫我怎么办？"她告诉记者说，"我的丈夫名叫黄武，从上海乘太平轮回来，就……"一说到这里，她放声大哭了，接着她又说，"我家里有八个孩子，靠他一人生活，这叫我怎么办？"

邮电局的一位职员章铁马，他在大年夜买了许多小菜，还布置好他的住屋，雇好了下女，准备到基隆去接太太和两个可爱的孩子，共度新年佳节，可是太平轮的失事，粉碎了他美好的天伦团叙的甜梦。当章先生和记者谈起这些的时候，他的一双疲惫的眼睛闪着泪光，频频地说道："生命太渺小了！生命太渺小了！"

在这次惨剧中，有许多同业也都遭受了悲痛的打击，天津《盖世报》女记者张鲁琳，她带着两个孩子，怀着身孕，从天津搭了最后疏散船，到了香港，又辗转地到了台北。她的丈夫张煌是香港《工商日报》的记者，也是一位文艺家，不幸也成为这次惨剧中的牺牲者。张女士用她那低哑的嗓子，倾诉她的不幸，她说："我虽然可以有工作能力，但是张先生还有年老的父母和幼小的孩子，再加我就要生产了，这以后我真不敢再想下去。为了年老和幼小的，我需要坚强地活下去，可是这感情的负担，我真怕，我更怕度那悠长的岁月啊！"

还有此间中央社女编辑周淑环，她的父亲新近刚亡故，乘太平轮返家的姐弟又遭到这个意外。她因父亲死亡，深怕太刺激了母亲的心，每天瞒了母亲上轮船公司打听消息，她几天来已是脸色苍白，欲哭无泪了。

在这里，我们恳请中联公司当局，应切实抚恤和赔偿，使那些孤寡幼小者有个生活保障，并请当局切实注意交通安全。

（《台湾新生报》1949.02.07）

诉讼书节录[1]

　　缘被告置有太平轮一艘，行驶沪台之间载重量为贰千吨，建造已廿余年，救生设备简陋，早经超过安全年龄，船身铁板并已破坏，本应弃置不用，或大加修理后再用，乃该被告只知赢利不顾航行安全，既不备齐救生设备，复不待英联船厂之修理，即行开驶航行，足证被告对旅客之生命财产，早已视同儿戏。此次该轮，原定一月廿六日由沪驶台，该公司因贪图多得运费，临时又揽载钢铁至陆百吨之多，因此不特装运费时，稽延启碇时间至廿七日下午五时，且在装载壹百伍拾吨之后，即已发现载量已逾船身规定之载重线，当时船员旅客虽曾要求勿再继续装载，而公司利令智昏，坚持全部装运（获救生还旅客廖南毅所追述），以致超过载重太多，船之甲板已与码头之岸沿相平（罹难乘客之亲属卢超所目及）。

　　航行危险至极，显然该公司此次所售客票表面上虽系五百余张，实际在船上补票者则又有肆百余人之多，同时为能在戒严时间内驶出上海海面，计该轮乃不顾一切变更原来航线抄走小路，提高行驶速度，船桅上既不悬挂信号灯，更不拉放汽笛（生还旅客乔钟洲所目及）。

　　船长船员等复疏于看管，饮酒、打牌、欢度除夕年节，驾驶台上竟空无一人照管（船上生还厨师张顺来供称，看舵之二副三副交班不相衔接，二副已下班，三副仍未上班等语，足资为证），对于千数百

---

[1] 节录自台湾台北地方法院起诉书部分内容。

乘客生命财产之安全殊未丝毫予以注意，以致在茫茫白吉洋面，风平浪静、星斗满天之夜，迎面驶来灯光通明之建元轮，竟未为该轮所察觉，于是轰然一声，拦腰直撞，将建元轮立时撞破沉没。斯时太平轮船员尚不感职责严重，不做任何紧急有效之措施，及一味称"不要紧"以敷衍旅客，仍继续行驶。经旅客发觉船破裂水已进舱，争相报告，是时该轮发出求救无线电报，驶向灯塔，然为时已晚，旋亦沉没（有生还旅客李述文之遇难脱险记可证）。当船在将沉未沉时，船员均争先抢救生圈图逃，一部分旅客纷纷挤进救生艇，然以船长船员均已逃散，致救生艇无人放下（见生还旅客周卫蕾女士致其父母函）。其余大部旅客唯有跃入海内，靠衣箱木板等之浮力冒险求生，在茫茫大海中与波涛挣扎延至七小时之后，始得英舰自动往救，生还者亦仅三十七人，其余则全遭灭顶。据灯塔方面记录，数百旅客在海中呼号求救之声，曾延续至数小时之久，造成惨绝人寰空前未有大悲剧。查出事地点，距离上海不远，该公司在出事后苟稍具责任感，于接获呼救之无线电报，若能立刻派快轮赶往救援，三小时即可到达，则大部分旅客必可获救。乃该公司违背义务，置若罔闻见死不救人心毒辣，一至如此，殊堪浩叹。而原告等竟因之或全家罹难孑然一身，或兄弟云亡痛失鹡鸰，或妻孥伤命仅存鳏夫老幼孤寡号寒哭饥，所有资产贵重财物，均漂没在汪洋大海之中，此真人间之惨事而为举世所同悲者也。

理由

一、查海商法第九十条第一项规定，船舶所有人，应担保船舶于发行时有安全航海之能力，换言之即船舶所有人对于乘客及货物托运人，须担保运送船舶足以安全航海。兹太平轮已过安全年龄，船身铁板又已锈坏，须为修理，其无安全航海能力实属昭然。乃该公司利令智昏，航行如故，是事前即已置上开法条，所课予之责任于不顾，其因此发生损害之应负担赔偿责任，自属当然之结果。此其一。

二、查轮船救生设备在海上人命公约有一定之标准，如二重底防水隔壁、救生艇及浮具，须足供全船之人使用，极为详明。兹太平轮，无一完备救生艇，仅设两只，容量与乘客之比例所差太大，竟招揽客货公然行驶，以致事发之后无一幸免。此种违反保护他人之法律之事实，依民法第一百八十四条第二项之规定，自应负损害赔偿之实。此其二。

三、查船舶载重线法第一条至第四条对于船舶载量规定，其载重量线所以保护旅客之安全，该公司于太平轮超过载重之后，复揽运钢铁六百吨，以致船头破裂，船身即倾覆，而无法挽救。足证该公司藐视法令，以航海安全旅客生命为儿戏，而应适用民法第一百八十四条第二项之规定负担损害赔偿极为明显。此其三。

四、查民法第一百八十八条第一项规定，受雇人因执行职务不法，侵害他人之权利者，由雇用人与行为人连带负损害赔偿责任。该太平轮之船长船员为该公司之雇用人员，此次航行抄走小路，提高速率，不挂信号灯，不拉放汽笛，驾驶室内无人照管等行为均属不法已极。除船长于出事后，违背经商法第四十四条之规定应负刑事罪责暂行保留外，该公司因此之应受民法上开法条之适用应连带负担赔偿之责，亦属当然。此其四。

五、查太平轮出事后，曾发出求救之无线电，该公司置若罔闻此征诸，英舰于出事后七小时赶达该处，尚能救获三十余人之事实，足证该公司之忽视责任，见死不救之恶意实不啻不作为之杀人罪行。纵退万步，言其应负业务过失杀人致死罪，实责该公司虽有百口亦莫辩，此项刑事部分暂予保留，姑不置论，其因此之应担负损害赔偿，自属法理当然之结论。此其五。

基上理由，被告无论就海商法及民法等各规定，均应负担损害赔偿之责任。乃被告昧尽天良，初则避不见面，继复多方推诿，揣其用心，无非以延宕手段，企图规避，须知此次被难乘客，或为原告之父母，或为原告之妻或夫，或为原告之子女，对于原告负有赡养之责任，兹不幸罹此惨祸，不特金钱生活受莫大之损害，而精神上之刺激，尤属苦不堪言，为此请求判令被告：对每一被难人赔偿其家属（即原告）损害白米捌百石（量器至执行时即按照市价拆付现金），共计白米贰拾捌万玖仟陆佰石。

　　按之民法第一百九十二条及第一百九十四条之规定，自属正当复查此次遇难旅客与原告等关系，既已如前述原告等自惨案发生后，物质生活既均濒于绝境，精神生活更属悲惨万状，均为有目共睹之事实，无待证明，因之对被告请求前开声明第一项之赔偿数额其所课于被告之赔偿责任，实极公允，而原告等此项赔偿请求，依海商法第二十七条第一项第四款规定，应享优先受偿之权，并应依同法第廿四条第一款规定，被告限制负责赔偿，并应由被告依前开声明第二项，负责将所有罹难乘客之尸体及财物，立即设法打捞返还原告等。

　　再查被告自惨案发生后，始则避匿不见面，继则控词诿卸，并多方活动企图隐匿或移转其所有财产，以逃避赔偿责任。而原告等遭此惨祸，漂泊异乡、举目无亲、告贷无门，若于判决确定前不为执行，则将来被告势必利用诉讼程序以拖延，原告等均将沦为战乎。侯此种损害自属难于计算，及抵偿应请依民事诉讼法第三百九十条第一项规定，予以假执行，以资救济，并判令被告负担本案诉讼费用。

　　又太平轮系由上海开驶基隆，其将到达之港口即为基隆，用特开具被难人姓名、性别、年龄、省籍、职业，被难家属姓名，职业通讯处，被难人与家属之关系，合表随状起诉合并陈明。

　　谨状

正义法律事务所